Alice Butaud

Les filles montent pas si haut d'habitude

illustré par
François Ravard

Gallimard Jeunesse

À Micha et à Guilhem

Ce livre a bénéficié de l'Aide découverte
du Centre National du Livre

Le Lièvre

Ne sois pas lascif et peureux
Comme le lièvre et l'amoureux.
Mais que toujours ton cerveau soit
La hase pleine qui conçoit.

Guillaume Apollinaire,
Le Bestiaire ou Cortège d'Orphée

1
L'INTRUSE

Ça commence vraiment un matin au tout début de l'été. Timoti ignore en ouvrant les yeux qu'aujourd'hui sa vie va changer, mais il sent quelque chose d'anormal planer dans la pièce.

Il regarde vers la fenêtre, s'étonne qu'elle soit ouverte. Il se fige : deux yeux de verre le fixent, dans un visage clair, avec une bouche rouge et minuscule, un nez légèrement retroussé et constellé de taches de rousseur. Des boucles blondes retenues par un ruban noir entourent le visage. L'intruse porte une robe couleur d'orage et des bas blancs, rien aux pieds. Assise bien droite sur le bureau de Timoti, elle lui sourit.

Il s'approche. Le courant d'air qui pénètre dans la pièce par l'entrebâillement de la fenêtre

fait battre les cils de la poupée pendant quelques secondes. Timoti sursaute. Il n'a jamais vu une poupée aussi belle. Pour une chose inerte, elle a une vraie présence. On a envie de lui tenir la porte, de lui baiser la main. Il hésite à la toucher, n'ose pas. Il finit par la déplacer délicatement sur l'étagère, puis fait pivoter son visage de porcelaine vers l'extérieur pour qu'elle profite de son ciel, de ses petits oiseaux et de son arbre, un gigantesque *Sequoia sempervirens* de plus de mille ans qui, été comme hiver, garde ses feuilles – d'où sa devise : « toujours vert ! » –, et pour qu'il puisse, lui, enlever son pyjama et s'habiller sans qu'elle le regarde !

Une fois prêt, il sort de sa chambre.

Dans la salle à manger, la table du petit déjeuner est dressée. Le père de Timoti l'attend, très excité, debout, les bras dans le dos.

– Tu ne devineras jamais ce que j'ai dans mon dos !

– Tes mains ?

– Oui, mais pas que.

– C'est mon anniversaire ?

– Non. C'est en août, ton anniversaire, non ?

– Ah, oui.

– Alors ?

– Merci pour la poupée.

– Quelle poupée ?

– La poupée sur mon bureau.

– C'est pas moi.

– C'est qui alors ?

– Je ne sais pas. Monsieur Jacqueline ?

– Pourquoi il m'offrirait une poupée ? Et puis, il ne serait pas monté dans ma chambre pendant que je dors… si ?

– Hum… je ne sais pas. Les facteurs, tu sais, quand il s'agit de livrer un colis, ils se croient un peu tout permis. Sinon, tu ne devineras jamais ce que j'ai dans mon dos.

– Un chien ?

– Non.

– Je ne sais pas, Gérard.

– Ne m'appelle pas Gérard.

Timoti appelle parfois son père Gérard, pour l'énerver quand il l'énerve. Ce qui l'énerve effectivement. Pourtant, il s'appelle bien Gérard ! Quand il ne l'énerve pas, il l'appelle le plus souvent Papoule, qui est la contraction de « papa poule ». Ce qu'il est !

– Une guitare ?

– Non.

– Une maquette de château fort du Moyen Âge ?

– Non.

– Un dictionnaire d'espéranto ?

– Non.

Ce petit jeu qu'il a lui-même initié commence à agacer Gérard, il y met fin.

– Une lettre… qui t'est adressée ! s'exclame-t-il en tendant une grande enveloppe à Timoti.

C'est la première fois qu'il reçoit une lettre par la poste. La fois où Gérard lui avait envoyé une carte avec marqué uniquement « Coucou » ne compte pas.

– Tu ne l'ouvres pas ?

– J'hésite, dit-il en s'asseyant devant son bol de céréales. Je vais peut-être attendre d'être tranquillement dans ma chambre…

– Tu fais comme tu veux. Ton courrier, c'est ton courrier. Je respecte ta vie privée ; même si tu es un enfant, tu as le droit à une vie privée.

Gérard s'installe à table et avale de travers une gorgée de son café brûlant. Timoti pouffe et décachette l'enveloppe. Il en sort un dépliant sur lequel il est écrit :

FÊTE
AMOUR
MANSUÉTUDE
ÎLE MERVEILLEUSE
LA FAMILLE, C'EST SACRÉ
LA FAMILLE, C'EST LA VIE
ET C'EST TOUT CE QUI COMPTE VRAIMENT

On y voit une trentaine de personnes de tous âges qui posent en souriant : des acrobates, des trapézistes, des magiciens, des dresseuses d'animaux, des contorsionnistes, des jongleuses, un vieux monsieur en tenue de voltigeur, des enfants clowns et le plus insolite membre de cette fratrie, un bébé à barbe. Il ne fait aucun doute qu'ils sont tous de la même famille. En attestent leur ressemblance, leurs cheveux noirs et leurs yeux noirs et perçants.

À l'intérieur du dépliant, on peut lire :

Le cirque Flouzatte s'installe chez vous pendant un mois. Ne manquez pas la plus illustre famille du cirque itinérant. Depuis toujours, nous transmettons à nos enfants les valeurs du cirque et l'art de la famille nombreuse. Chez nous, les enfants excellent sur un trapèze avant de tenir debout et crachent du feu avant de savoir parler ! Venez nous voir en famille. Un tarif préférentiel pour les familles nombreuses.

Timoti regarde encore une fois la photo de famille. Ça doit être génial d'être aussi nombreux. Il les envie et les jalouse. « C'est injuste, pense-t-il. Ils sont trente alors que nous ne sommes que deux. » Il tend le dépliant à Gérard en ne cachant pas sa déception…

– C'est pas vraiment pour moi, c'est de la pub.

… Et disparaît dans son bol de céréales. Gérard jette un coup d'œil et avec un enthousiasme forcé propose :

– Ah, un cirque ! On ira, tu veux ?

Timoti répond par un haussement d'épaules. Gérard se lève, disparaît dans la cuisine et revient avec du jus de rhubarbe et deux abricots qu'il a coincés entre ses sourcils et ses pommettes et qui lui font deux gros yeux orange. Timoti doit avouer que son père n'est pas mauvais pour lui changer les idées.

– Papoule ?

– Oui, c'est moi.

– Tu préfères partager ton lit avec une famille de hérissons ou faire des bulles par le nez quand tu parles ?

– Hum… les hérissons. S'ils restent de leur côté du lit.

– Et qu'ils te PIQUENT pas… toute la couette ! Papa ?

– Oui ?

– Tu préfères manger toute ta vie des hot-dogs au petit déjeuner ou aboyer chaque fois que tu éternues ?

– Ouaaff !

– À tes souhaits !

– Papoule ?

– Bonjour, vous êtes bien sur le répondeur de Papoule, je ne suis pas là pour le moment – je me beurre une petite biscotte –, mais vous pouvez me laisser un message après le bibabeloula sonore. Bibabeloula !

– Salut, Papa, c'était juste pour savoir : tu préfères manger un rat mort ou un lapin vivant? Rappelle-moi vite. Bisous !

– Je préfèrche mancher ma p'tite biscotche, chcrumch, chcrumch.

– C'est pas dans les choix et t'as qu'un joker, attention. Tu préfères avoir un chat vampire ou passer toutes tes vacances… sur une aire d'autoroute ?

– Le chat vampire. Je déteste les vacances !

– Tu préfères pleurer des larmes de miel ou que ton meilleur ami soit un fantôme ?

– Les deux font plutôt envie !

– Tu préfères avoir une famille nombreuse ou zéro famille ?

– C'est mon tour. J'en ai un. Tu préfères ranger ta chambre maintenant ou après t'être brossé les dents ?

– Pfff... Je passe...

– J'en ai un autre ! Tu préfères que l'on commence par une dictée ou des mathématiques après les dents et le rangement ? surenchérit Gérard que la provocation rend de plus en plus gai.

– Je passe ! répond Timoti que la gaieté de son père rend de plus en plus furieux.

– Ahhh ! Perdu. Tu as déjà utilisé ton jok, jok, joker ! dit Gérard en imitant la voix d'un animateur télé qui ne peut pas s'empêcher de répéter trois fois la première syllabe de certains mots.

« Il est vraiment ridicule, pense Timoti. Les adultes sont à la fois si prévisibles et si décevants. Cette manie qu'ils ont de récupérer de vrais bons jeux pour servir leurs intérêts, c'est insupportable. Ils salissent tout à ne croire en rien. Ne jamais devenir comme ça. »

– Je monte, Gérard.

– Ne m'appelle pas Gérard !

Timoti quitte la salle à manger et commence la longue ascension de sa tour : cent marches d'un escalier en colimaçon qui mène à sa chambre.

2

TOUT LE MONDE N'A PAS LA CHANCE D'ÊTRE UN CANARI

Arrivé dans sa chambre, Timoti s'assied à son bureau.

Il réfléchit et rêvasse en moyenne 58 % de son temps éveillé. Il ne sort pas souvent de chez lui, très peu de sa tête, et regarde l'horizon par sa fenêtre. Le paysage l'hypnotise, l'imperceptible métamorphose d'un nuage, les plus petits événements : un oiseau essoufflé qui atterrit en urgence (cela arrive très rarement mais cela arrive), un hérisson qui se pique en se grattant, une plume sans propriétaire qui plane et écrit dans l'air des messages qu'il pense lui être destinés.

Il ne fait pas attention à la mystérieuse poupée.

Il l'a déjà oubliée. Il sort vite son petit carnet de notes pour ne pas oublier ce qu'il veut y écrire :

Quand ils n'utilisent pas le chantage ou la menace, les adultes utilisent les jeux des enfants pour leur faire faire ce qu'ils veulent qu'ils fassent comme : se brosser les dents, faire son lit, ranger sa chambre… Ne jamais devenir comme ça. Les jeux, c'est sacré.

Timoti ne se sépare jamais de son petit carnet. Il y écrit des idées, des sentiments, des rêves qu'il a faits.

Il a lu dans une revue spécialisée que nous (les hommes et les femmes; si vous êtes une oie ou un raton laveur, l'information qui suit ne vous concerne pas) faisons en moyenne trois à cinq rêves au cours de huit heures de sommeil. Comme Timoti ne se souvient jamais de plus d'un seul rêve, et encore partiellement, il a entrepris de faire sonner son réveil toutes les deux heures pour attraper les deux à quatre rêves qui s'échappent toutes les nuits. Un bon défi bien fatigant !

Le carnet renferme aussi de courtes lettres que Timoti s'écrit à lui-même pour plus tard, dans lesquelles il se met en garde. Il a bien compris que les gens changeaient avec le temps. Lui ne veut pas que ça lui arrive. Il a peur de devenir quelqu'un d'autre, quelqu'un avec qui il n'aimerait pas être ami aujourd'hui s'il se rencontrait.

À sa connaissance, Timoti n'a pas de sœurs, pas de frères, ni vraiment d'amis. Avant, il avait Isidore, mais ce n'était pas un cadeau. Il n'était ni gentil, ni drôle, ni intelligent, ni généreux, ni rien du tout qui puisse contribuer à une belle, profonde et durable amitié. Tant qu'ils étaient amis, Timoti ne s'était pas vraiment rendu compte qu'Isidore était un boulet, pour le dire trivialement. Mais il y a un an, trois mois et cinq jours, en pleine autodictéee, Isidore a mis du chewing-gum tout mâchouillé et baveux dans les cheveux de Timoti, puis, pendant la récré, il a récidivé avec de la moutarde dans les poches de son pantalon. Et chaque fois, il a ri brutalement. C'en était trop. Timoti a commencé par ne plus parler à Isidore qui a fait mine de s'en fiche. Il a alors décidé de renoncer définitivement à lui. Et du même coup, à son seul ami.

– Timoti ! Tu ranges ta chambre, n'est-ce pas ?

Timoti ne répond pas. Il a décidé de ne plus parler à Gérard.

La dernière fois qu'il lui a fait la gueule, il a battu son record en tenant deux jours et demi. C'était après une visite chez l'oncle Martingale, un vieux monsieur un peu gaga, plutôt bougon et très seul. Tellement seul qu'il passait ses journées à sermonner son canari Sissi : « Sissi, je peux savoir pourquoi vous n'avez pas touché à votre os de seiche ? Savez-vous qu'il y a des milliers de canaris qui rêveraient d'un os de seiche, des milliers de canaris qui n'ont rien à se mettre sous le bec ? Ne venez pas vous plaindre quand vous serez en carence de calcium ! Non, non, Sissi, ce n'est pas l'hôtel ici ! » Non seulement il lui parlait du matin au soir, mais en plus il attendait des réponses qui ne venaient jamais. Pas même un cui-cui.

Sur le chemin du retour, dans la voiture, Timoti avait interrogé son père sur leur famille ou, plus précisément, leur *absence* de famille : « Il ne peut pas y avoir *que* l'oncle Martingale. » Comme d'habitude, Gérard avait habilement réussi à ne répondre à aucune de ses questions. Et son père n'avait pas l'excuse, lui, d'être un canari. Furieux, Timoti s'était alors lancé dans une grève de la parole. Elle avait donc duré deux jours et demi et s'était interrompue quand…

– Timoti, je dois aller faire des courses, je reviens dans moins d'une heure. Compte jusqu'à trois mille six cents et je suis là ! crie Gérard en sortant de la maison.

Timoti ne répond pas et retourne à ses pensées. Le chemin à parcourir n'est pas bien long. « La gueule » avait donc duré deux jours et demi et s'était interrompue quand…

– Youhou ! Prends ça, et ça ! Dragon de l'enfer !

Une voix humaine, inconnue cette fois, le sort à nouveau de sa rêverie. Elle vient du jardinet. Il va à sa fenêtre et tout tout tout en bas, au pied de sa tour, il voit une fille ! Enfin, il n'est pas sûr à 100 %, de tout tout tout en haut, que ce soit une fille. Mais il lui semble quand même discerner un genre de queue-de-cheval plantée au sommet du crâne de l'inconnue.

La fille à la queue-de-cheval virevolte autour de la tondeuse à gazon. Elle agite un bras en l'air et pousse des cris guerriers. Timoti attrape ses jumelles sur l'étagère et sursaute en tombant nez à nez avec la poupée. Mais il ne peut pas s'occuper de toutes ces intruses en même temps ! Priorité à celle qui bouge. Le visage de l'inconnue est rougi par l'effort, ses sourcils froncés, et il remarque

qu'elle ne porte ni souliers ni chaussettes. Ses pieds sont des petits pieds nus, blancs et sales. Elle doit avoir à peu près son âge. Soudain, elle s'écroule par terre. Elle ne bouge plus, puis se relève d'un coup et repart à l'attaque de la pauvre tondeuse, immobile, silencieuse, pacifique.

Timoti est perplexe. Il pense avec inquiétude à son père qui est parti au centre-ville. Elle a peut-être la rage ? S'il revenait contaminé lui aussi ou si elle l'attaquait... C'est une maladie qui provoque des hallucinations et des délires. Une maladie incurable, mortelle et terriblement contagieuse. Il imagine son père à quatre pattes, les yeux injectés de sang, de la mousse blanche au coin des lèvres, prêt à lui sauter dessus pour le mordre, pauvre Papoule. Timoti blêmit.

La tondeuse est maintenant retournée, les quatre roues en l'air. La malade pousse un rire bref et sans pitié. Elle pose un genou dans l'herbe et tend son bras au-dessus de la machine comme si elle s'apprêtait à l'achever. Mais elle lève la tête vers le ciel, dans l'attente, semble-t-il, d'un accord divin. À cet instant, ses yeux croisent ceux de Timoti.

– Eh ! Eh, oh, toi là-haut ! lui crie-t-elle.

Timoti lâche ses jumelles et disparaît en roulant

dans les plis épais des rideaux. Son cœur tambourine si fort dans sa poitrine qu'il voudrait lui dire : « Entrez ! » Ou plutôt : « Sortez, mon cœur, je ne vous raccompagne pas, la porte est ouverte et bon débarras ! »

– Eh, l'espionneur, reviens !

Timoti fait le mort, comme on dit. Un sentiment de honte l'envahit peu à peu.

Il avait ressenti un peu la même chose quand il avait oublié de refermer la cage de Big Boudin, le hamster de la classe, et que la maîtresse avait injustement puni Samir, un autre élève. Timoti n'avait rien dit, il ne s'était pas dénoncé, il n'avait pas sauvé Samir, il était resté tapi en lui-même, comme maintenant, sa lâcheté bien au chaud dans les replis du rideau.

Un mois plus tard environ, on avait retrouvé Big Boudin tout amaigri fouinant dans les poubelles de l'école. C'est à peine si on l'avait reconnu. La petite tache noire en forme d'œil entre les deux yeux du hamster témoignait sans l'ombre d'un doute qu'il s'agissait de Big Boudin et non d'un imposteur. On avait ressorti sa cage du placard, il avait retrouvé sa petite roue d'exercice, ses trois repas par jour, son confort de hamster de classe, repu et choyé. Il avait très vite repris du poids, même davantage qu'avant sa fugue.

Mais il avait changé. Depuis son retour, Big Boudin passait plus de temps à dormir dans sa roue qu'à marcher, comme s'il n'était plus dupe de l'illusion d'avancer depuis qu'il avait parcouru le vrai monde et vu des paysages. La maîtresse et les enfants, l'imaginant traumatisé d'avoir connu la faim, le froid et l'errance, remplissaient continuellement sa mangeoire avant même qu'elle ne soit vide. Il grossissait, grossissait. Dès que Timoti passait à côté de Big Boudin dont le nom, il faut croire, était prémonitoire, il baissait la tête pour éviter son regard.

La fille à la queue-de-cheval continue d'interpeller Timoti. Lui, prie pour que son père revienne bien portant et parle à cette inconnue à sa place. Il continue à faire le mort. Mais la voix semble de plus en plus proche. Elle ne partira pas, elle n'a pas l'air d'être le genre de personne à laisser les morts en paix. Il se décide à jeter un coup d'œil vers le carreau et découvre la fille à sa hauteur, assise à califourchon sur une large branche de son arbre. Elle le regarde en souriant, en nage et de la morve sous le nez. Il lui rend son sourire, même s'il la trouve un peu dégoûtante, et surtout gonflée d'avoir escaladé son vieil arbre. Les arbres et les gens ne sont pas si différents. Et cela ne viendrait à l'idée de personne de grimper sur une grand-mère ou un grand-père de plus de cent ans, si ?

3

LA FILLE À LA QUEUE-DE-CHEVAL

– Tu veux un mouchoir… pour ton nez?

– Pas la peine, j'ai ma manche!

La fille à la queue-de-cheval s'essuie et observe attentivement la chambre de Timoti qui compte les secondes pour surmonter son embarras.

La chambre est ronde, avec des murs gris recouverts de Post-it jaunes, de feuilles scribouillées, crayonnées, peinturlurées et de photos d'animaux – aucune de personnes, beaucoup d'éléphants, des fourmis et quelques baleines. Il y a aussi un grand panneau de tables de multiplications qui donnent le tournis (multiplié par 3), un alphabet en langue des signes qui fait quitter un instant le lieu où l'on est, rêver de pays silencieux. Une moquette rose et rêche, un lit tout simple, mais qui semble doux, et une table de chevet engloutie sous une montagne d'objets. Un bureau dont il n'y a vraiment rien à dire. Une bibliothèque de livres bien rangés par taille, couleur, épaisseur, et au pied d'un grand placard en bois sans âge (mais tout ridé), une paire de chaussons à têtes de dinosaure. Dans un coin arrondi de la pièce, une porte s'ouvre sur un cabinet de toilette composé d'un lavabo et d'une petite armoire à glace, discrète et élégante.

Cent vingt-cinq secondes après (selon le compte de Timoti), elle prononce son verdict :

– Elle est cool, ta chambre.

Personne n'a jamais dit à Timoti que quoi que ce soit le concernant de près ou de loin était cool. Il n'emploie d'ailleurs jamais cet adjectif, très à la mode. Même si l'on n'a pas besoin d'être un Albert Einstein pour dire « génial » ou « quelle idée de génie ! », ou d'être fleuriste pour dire qu'une fleur sent bon, Timoti n'est pas assez cool, selon lui, pour l'employer. À la place, il utilise « chouette », « super », « épatant »...

– C'était chouette comment t'es montée à l'arbre. Les filles montent pas si haut d'habitude !

Elle n'a pas l'air d'apprécier le compliment.

– Et ta queue-de-cheval, elle est épatante ! dit-il pour essayer de se rattraper.

– C'est pas une queue-de-cheval, banane ! C'est un palmier. Chaque mot a un sens qui lui est propre. Ma mère dit que si on continue à utiliser les mots n'importe comment, ils finiront par se venger.

La vision d'une horde de mots enragés et armés jusqu'aux dents, prêts à lui faire la peau, surgit dans l'esprit de Timoti.

– Comment se vengeront-ils ? Ils s'entasseront dans notre gorge jusqu'à nous étouffer ?

– Pire ! On oubliera leur sens et alors, plus rien n'aura de sens. Si les mots sont flous, ça contamine la tête. Ce sera comme un virus. Les gens ne se comprendront plus. Aujourd'hui, ça ne se voit pas mais, petit à petit, il y aura de plus en plus de malentendus. Et où mènent les malentendus ? demande la fille au palmier (désormais).

– Je ne sais pas.

– À la guerre !

– Ta mère dramatise un peu, non ?

– J'aime pas trop qu'on critique ma mère.

– Ah, pardon. Je comprends. J'aime pas trop qu'on critique mon père non plus. Mais si les mots sont si importants, pourquoi m'as-tu appelé « banane » ?

Je ne suis ni un fruit allongé et jaune, ni une coiffure que portent les rockers nostalgiques d'Elvis Presley. Et je ne crois pas non plus être un petit sac qu'on porte à la ceinture.

– T'as de la repartie pour un garçon. Un point pour toi !

Timoti ne comprend pas ce que signifie cette histoire de point, mais la fille vient de lui sourire pour la deuxième fois. Il en conclut que c'est un point positif.

– Et pourquoi t'es pas à l'école ?

Timoti ne va plus à l'école depuis huit mois, pas à cause d'Isidore, son ex-meilleur ami, mais parce que cela lui donne des boutons, de la fièvre et des nausées. Et parfois, des vomissements. Depuis, il reste à la maison, son père fait la maîtresse et lui, il fait l'élève. Quelques jours après avoir arrêté l'école, Timoti a surpris une conversation entre son père et monsieur Jacqueline, le facteur : « Timoti ne va plus à l'école pour le moment. Il est très bon élève mais… » À ce « mais », Gérard s'était mis à chuchoter : « Le médecin dit qu'il souffre d'une phobie scolaire. » De sa voix grave et forte, monsieur Jacqueline s'était exclamé : « Ah, oui ! j'ai vu un reportage là-dessus à la télé. Il paraît que ça touche un à cinq enfants sur cent. C'est pas de bol ! »

– Parce que j'y vais plus, marmonne Timoti. J'ai une phobie scolaire.

– Une phobie solaire ? Il y a pas de soleil dans une salle de classe ! T'as qu'à mettre de l'écran total. Indice cinquante. Des lunettes et un chapeau !

– J'ai une phobie SCOlaire, pas solaire… Et puis, j'ai pas de chapeau… Et puis, toi non plus, t'es pas à l'école, à ce que je sache.

– L'école me hait ! Je suis hyperactive, hypersensible, hyper-tout ! Ça colle pas avec l'école. Je hais les craies qui crissent sur le tableau, les feuilles A4 perforées, les intercalaires. Rester des heures et des heures assise à une table, pas avoir le droit de parler, de bouger. Ils disent que je suis insolente. Tu sais pourquoi ?

– Non.

– Parce que je baisse pas les yeux, dit-elle en le fixant intensément.

Timoti ne peut s'empêcher de baisser les yeux. Elle continue son explication sans battre une seule fois des paupières :

– Et aussi parce que je réponds. Pourquoi je me

tairais ? Parce que je suis une enfant et que ce sont des adultes ? Aujourd'hui, on est sept milliards sept cents millions sur la planète, dont deux milliards deux cents millions d'enfants. Presque un tiers de la population, et on nous demande de nous taire !

Timoti se tait.

– Pourquoi tu réponds pas ?

– C'est quoi, la question ?

– On nous oppresse, on nous traite comme une minorité. Moi, je dis qu'on est même moins qu'une minorité, on est une mineurité.

Timoti ne dit rien.

– T'as pas compris ? C'est un jeu de mots. Une minorité. Une miNEUrité, parce qu'on est mineurs.

– Oui.

– Parle alors. Fais entendre ta voix.

Il murmure :

– Euh… « Les hommes naissent et demeurent libres et égaux. »

La fille plisse les yeux. Timoti précise :

– C'est l'article 1er de la Déclaration des Droits de l'Homme et du Citoyen. On fait ça en ce moment en histoire…

– Exactement ! C'est pas : « Les ADULTES naissent libres et égaux », hein ?

– Non.

– Alors voilà, moi aussi, je suis un Homme. Les enfants sont des Hommes !

– On peut dire qu'en un sens, oui. Et dans un autre, non. Je sais pas trop, en fait. Il faudrait que j'y réfléchisse.

Elle a l'air déçue. Sans savoir pourquoi il dit ça, il ajoute :

– Une fois, j'étais au tableau et j'ai vomi sur le bureau de la maîtresse et sur ses escarpins.

– Cool ! dit-elle, reprenant du poil de la bête.

– Mais je dois t'avouer quelque chose : j'aime la papeterie – même si c'est vrai qu'en classe, elle perd de sa poésie, tu ne trouves pas ?

La fille au palmier le regarde à nouveau en plissant les yeux, un peu à la manière des myopes qui ont égaré leurs lunettes. Serait-il devenu flou tout d'un coup ? Il regarde sa main, elle est nette. Ce n'est pas la première fois que cela lui arrive. Son prof de gym à l'école, monsieur Fesse, le regardait souvent de cette façon. Il a l'impression de parler une langue étrangère par moments.

Il a l'image de monsieur Fesse, rouge au naturel comme si chaque seconde de l'existence lui demandait un énorme effort physique. Monsieur Fesse, qui leur montrait à chaque début de cours ses gros biceps contractés en leur disant : « Demandez à vos pères ce soir à la maison de faire pareil et comparez ! » Un jour, Timoti tentait de lui expliquer pourquoi la corde lisse est une invention encore plus sadique que la corde à nœuds, et en quoi monter au plafond lui semblait complètement idiot : « Il n'y a rien au plafond, rien ! Pourquoi monter ? Vous voulez nous apprendre à viser un but élevé, mais s'il n'y a rien tout en haut, c'est juste dangereux, non ? » Les yeux plissés, monsieur Fesse avait répondu : « On ne te suit pas, Timoti. Un conseil, dans la vie, faut être concret, il y a que ça de vrai ! Coup franc, droit au but et dans le panier. C'est ma devise. » Il avait gonflé ses pectoraux en ajoutant : « Ça, c'est du concret, pas du foie de veau ! »

Pour relancer la conversation, Timoti s'exclame avec une expression de dégoût un peu exagérée :

– Mais je déteste, où que ce soit, les livres plastifiés !

Les yeux de la fille se déplissent, sa bouche se tord.

– Beurk !! Et puis, il y a les notes, sur dix, sur vingt, les A, B, C, D, les Assez bien !

– Les doigts en l'air, les « mettez-vous en rang », les « recopiez » !

– Les « au tableau », les « on se tait » !

Ils se taisent un instant puis éclatent de rire.

– T'as quel âge ? demande-t-elle.

– Dix ans. Ah non, onze.

– Tu sais pas ton âge ?

– Si, mais j'ai eu un doute.

– C'est drôle. Quand on te regarde, tu fais moins. Mais quand tu te mets à parler, on dirait mon grand-père.

– Merci.

– C'était pas un compliment. Moi, je suis née le même jour que l'abbé Pierre*.

– Tu as l'air un petit peu moins gentille que lui.

– Qui te dit qu'il était gentil ?

– Il était gentil.

– T'en sais rien, lance-t-elle en sautant sur le lit avec ses petits pieds sales.

« Elle va mettre de la terre sur mes draps », pense Timoti. Elle rebondit deux, trois fois. Puis, en moins d'une seconde, la voilà étendue de tout son long, une jambe sur l'autre et les bras croisés derrière la

* Prêtre catholique qui a œuvré toute sa vie pour venir en aide aux plus défavorisés. Il est le fondateur d'Emmaüs.

tête sur l'oreiller. Une fissure au plafond qui a la forme d'une tortue attire son attention. Le silence qui suit ne semble pas la troubler, contrairement à Timoti qui baisse la tête et contemple la pointe de ses chaussures. Il voudrait disparaître et se met à compter les striures de la moquette. Plus elle est sans-gêne, plus il se sent gêné. Il ferme les yeux.

Quand il était petit, Timoti pensait qu'en fermant les yeux, il devenait invulnérable. Son père ne le contredisait pas. Mais un jour, alors que Timoti avait tout juste cinq ans, à un passage piéton, il avait attendu exprès que le feu passe au rouge, avait fermé les yeux et traversé la rue avec son vélo à quatre roues. Il s'était imaginé que la magie s'étendrait jusqu'au vélo. Miraculeusement, Timoti n'avait eu que des petites égratignures aux genoux et aux coudes. Mais le vélo, lui, n'avait pas survécu.

«J'ai compris, avait dit Timoti à son père qui tamponnait ses plaies avec du coton imbibé de Mercurochrome. C'est parce que le vélo n'a pas d'yeux!» Ne sachant quoi répondre, Gérard ne l'avait pas contredit.

Timoti rouvre les yeux. La fille est toujours là. Lui s'accroche encore avec sa main gauche à un pan du rideau. La droite repose dans sa poche. Ça lui donne une allure décontractée – mais d'un seul côté.

– Tu veux deviner mon prénom ? demande soudain la fille au palmier.

Il est toujours partant pour une devinette, même si celles d'Isidore, souvent grossières, ont fini par le lasser.

– Je suis une déesse, dit-elle avec gravité.

– Aphrodite ? Thalassa ?

– Je suis l'incarnation de la lumière du jour. J'éclaire le monde ! dit-elle en ouvrant grand les bras.

– Aurore ?

– Je suis divine ! J'ai un frère jumeau, mais c'est moi qui suis sortie la première du ventre de notre mère et j'ai tout vu. Je me souviens de tout, combien elle a souffert, comme elle criait. Je n'aurai jamais d'enfant ni de mari. Je serai toujours libre.

– On joue toujours ? demande Timoti, un peu inquiet devant la véhémence de cette inconnue allongée sur son lit.

Une fille qui sort de nulle part est allongée sur son lit ! Le voilà de nouveau angoissé. Depuis combien de temps son père est-il parti ?

Plus vite il trouvera son prénom, plus vite elle

partira, plus vite sa vie reprendra son cours normal. Plus vite rien ne changera.

– Qui part avec moi perd sa place !

– À la chasse ?

– Tu chauffes !

La va-nu-pieds se dresse alors sur le lit comme si la partie commençait vraiment. Sans un mot, elle écarte légèrement ses jambes, ajuste son buste, immobilise sa tête, détend ses épaules et fixe son regard vers un point mystérieux. Elle tend son bras gauche devant elle et replie le droit au niveau de son épaule en exerçant une pression comme si elle tirait sur quelque chose très fort derrière elle. Timoti la regarde s'escrimer. Il admire son ardeur au jeu. Mais malgré tous ses efforts, il ne voit pas du tout où elle veut en venir. Il le lui fait comprendre par un sourire désolé. Elle lâche sa position et se laisse retomber, abattue, sur le lit en marmonnant :

– J'ai un arc et des flèches.

– Diane ?

– Bah oui, banane ! La déesse de la chasse !

Diane s'appelle donc Diane.

– À moi ! Donne-moi un indice, dit-elle en se redressant d'un coup.

– Euh… Je suis Timoti.

– Tu m'as pas fait deviner ! C'est qui, celui-là ?

– C'est moi.

– Oui, c'est toi, mais c'est qui ?

– Personne. Juste moi.

– C'est quoi, ça ? demande-t-elle, déjà attirée par autre chose, une feuille épinglée au mur.

– Un poème que j'ai écrit. Tu veux que je te le lise ?

Qui a parlé ? Timoti a cru entendre sa propre voix prononcer ces dernières paroles. Cette proposition n'est pourtant pas passée par son cerveau pour validation et autorisation de sortie. Aurait-il été, l'espace d'un instant, le jouet d'un ventriloque ? Peu importe. C'est trop tard. Diane lui sourit de toutes ses dents. Elle attend qu'il lise. Il ne peut plus se défiler.

– Je vais fermer les yeux. Pour mieux entendre ! dit-elle en reposant sa tête sur l'oreiller.

Timoti désépingle la feuille volante et lit :

Bouton d'or

Une pie cause
Et s'endort
Sur une rose
Qui s'endort
Sur sa tige

Qui s'endort
Dans la terre
Qui s'endort
Un vieux ver
Ronfle
Ronfle, mais ronfle
Et son âme, à la pie
Réveillée par le ver
De colère
Se gonfle, se gonfle
Et baaaaaaam !
Explose
La rose bâille
Sa tige mollit
La terre tremble
Le ver, poli,
Demande pardon
La pie dit oui
Le ciel dit non

Au moment même où Timoti se demande si Diane s'est endormie, elle rouvre les yeux et s'exclame :

– Waouh ! « Le ciel dit non », baaam, prends ça dans les dents, vieux ver. S'il t'en reste encore ! J'en ai eu des frissons, regarde mes poils.

Diane met son avant-bras sous le nez de Timoti.

– T'as raison, le sommeil, c'est sacré. Tu devrais l'appeler comme ça, d'ailleurs, ton poème. « Bouton d'or », c'est gnangnan. Et puis, on voit pas le rapport. « Le sommeil, c'est sacré », c'est mieux.

C'est la première fois que Timoti lit un de ses poèmes à quelqu'un (son père ne compte pas vraiment ; ce n'est pas quelqu'un, c'est son père). Certes, il avait déjà récité le début d'un sonnet intitulé *La feuille folle à lier* à Isidore. Mais ce n'est pas un bon souvenir. Dès le troisième vers, Isidore avait explosé de rire si fort que son jus d'orange lui était ressorti par le nez, et un peu aussi par les oreilles.

Diane bondit soudain du lit et se secoue vigoureusement en tous sens, un peu à la manière des chiens qui s'ébrouent en sortant de l'eau.

– Bon, c'est pas tout ça mais j'ai des fourmis dans les guiboles, moi. Je me ramollis. Je vais faire un tour et je reviendrai cette nuit. Prépare ton baluchon et prends un casse-croûte ; pas de jambon blanc, je déteste le jambon blanc. À minuit, on part !

– Où ?

– Tu verras.

– Merci, mais non merci, je vais plutôt rester ici.

– Tou préfères rester dans cette tour qué partir avec moi à l'aventoure ?

– Je ne peux pas, je dois garder mon père et… et à minuit, je serai déjà au stade quatre du sommeil profond. Et, comme tu l'as dit, « le sommeil, c'est sacré ».

– L'aventoure aussi, c'est sacré !

Elle lève les bras au-dessus de sa tête, ses dix doigts tendus vers le ciel.

– L'aventure, c'est pas trop mon truc.

Les bras lui en tombent. Après une profonde inspiration, elle pose ses mains sur ses hanches, incline son visage sur le côté, fait une moue en cul-de-poule, plisse les yeux (tout cela simultanément, bien sûr) et demande :

– C'est quoi ton truc, alors ?

– Euh… Mon truc, c'est plus de rester à l'intérieur et de faire les mêmes choses aux mêmes heures au même endroit et dans le même ordre si possible. Je préfère approfondir ce que je connais déjà plutôt que de m'éparpiller sur des sujets que je ne maîtrise pas.

– T'es un égoïste, en fait.

– Pourquoi ?

– Parce que tu penses pas à moi ! J'ai fait tout ça pour rien, moi ?

– Fait quoi ?

– Le trajet jusqu'ici, des dizaines de kilomètres à pied, à manger des fourmis, des papillons, des scarabées… Tous les dangers que j'ai bravés, sans parler du dragon qui te gardait en bas et que j'ai terrassé !

– La tondeuse à gazon ?

– J'ai failli y passer une bonne dizaine de fois et c'est comme ça que tu me remercies !

– Pardon, merci, mais…

– Je suis venue te délivrer, moi !

Timoti reste coi.

– Ferme la bouche, on dirait un poisson mort. Je suis venue te délivrer, alors je vais te délivrer, c'est compris ? Minuit, ici, baluchon, et pas de jambon blanc !

Et elle disparaît par la fenêtre en hurlant « minuit ! ».

Timoti regarde l'heure : il est 11 h 11. Très vite, il fait un vœu : faites que Diane ne vienne pas à minuit. Il croise les doigts de la main gauche en se donnant pour objectif de ne pas les décroiser avant 13 h 13. Cela renforcera son vœu.

11 h 12 : la porte d'entrée claque. Le compte à rebours commence.

4
PHÉBUS

11 h 13 :

– Timoti, tu viens m'aider ? hèle Gérard, les bras chargés.

11 h 17 : Gérard désigne un cabas à Timoti.

– Tiens, tout ce qu'il y a dans ce sac va dans le frigo.

Timoti range méthodiquement et avec une seule main la crème fraîche, les fromages et les petits-suisses dans le compartiment du haut, les potages dans celui du milieu, le lait, le beurre, les fruits et les légumes dans le bac du bas, aussi appelé bac à légumes. Dans le casier de la porte, il dispose un à un les œufs comme une petite famille. L'un d'eux, vraisemblablement suicidaire, s'échappe de sa main et éclate sur le carrelage.

– Qu'est-ce que tu fabriques, Timoti ? T'as deux mains, non ?

– Oui, mais j'ai les doigts de la gauche croisés.

– Décroise-les alors.

– Je ne peux pas, pas avant 13 h 13.

11 h 19 : Gérard jette un coup d'œil à sa montre. Il est 11 h 22 (elle avance). Il soupire et n'insiste pas. Il connaît son fils et ses manies superstitieuses. Si cela peut apaiser ses inquiétudes, il ne s'y oppose pas. Chacun fait ce qu'il peut, c'est sa devise. Tant qu'il respecte la chaîne du froid.

– Ferme le frigo, Timoti.

– Papa, c'est qui, Timoti ?

– C'est toi, mon chéri.

– Non, je veux dire : c'est qui ? Quelqu'un de connu, quelqu'un d'important, un ancêtre ?

– Ah !... Non.

– Pourquoi tu m'as appelé comme ça alors, si c'est personne ?

– La vérité, c'est que tu aurais dû t'appeler Phébus, comme le soleil et le dieu de la musique, mais il y a eu un petit couac.

– Quoi, comme couac ?

– Eh bien, c'est une histoire cocasse ! Juste après ta naissance, j'ai couru à la mairie pour te déclarer. J'étais dans tous mes états, et ta… ta… hum hum…

Gérard ne parle quasiment jamais de la mère de Timoti ou toujours en bafouillant :

– … Ta… ta… mè… mère m'avait demandé de lui rapporter son shampoing à la noix de coco enrichi à l'huile d'avocat, de la marque Timoti, et… tu vas rire ! Je me suis emmêlé les pinceaux, je n'étais pas dans mon état normal, j'étais papa pour la première fois, je n'avais pas dormi depuis cinquante-deux heures, j'avais sauté un repas, et tu sais comment je suis quand je n'ai pas mangé !

– Papa, accouche !

– Je me suis… trompé. Je t'ai déclaré sous le prénom Timoti. Quand j'ai réalisé mon étourderie (ils n'avaient pas de Phébus à la pharmacie), je suis retourné à la mairie, mais c'était trop tard, ils ont refusé de changer. Mais ça les a bien fait rire à la mairie, dit-il avec un rire forcé. C'est rigolo, non ?

Timoti ne rit pas du tout.

– Tu m'as appelé comme un shampoing ?

– Oui, mais un bon shampoing, très nutritif !

11 h 30 : sans un mot, Timoti sort de la cuisine.

– Timoti ! Tu aurais préféré t'appeler Phébus ? Timoti ! Ne sois pas fâché contre moi, chacun fait ce qu'il peut !

En entrant dans sa chambre, Timoti se rend compte qu'il a, dans son énervement, décroisé les doigts. Sa colère contre son père redouble. Il fonce dans son cabinet de toilette, regarde le reflet de son visage dans le miroir et se met à pleurer.

Timoti aime pleurer, sentir les larmes salées comme la mer couler sur ses joues. Pour y parvenir, il a plusieurs techniques :

La technique manuelle consiste à ne pas cligner des yeux pour accueillir un rai de lumière aveuglante et un léger courant d'air sur la rétine.

La technique des pensées tristes (plus difficile) : penser, par exemple, à un chaton orphelin renversé par un 4 × 4, à une colonie de fourmis écrabouillées par des Adidas, à un chien sans pattes, à un éléphant sans défenses ou encore à un très très vieil homme sans famille et sans ami, petit, bossu et quasiment aveugle, qui reçoit sur la tête une fiente de pigeon…

La technique du dernier recours : l'oignon, la menthe ou la fumée.

Il existe aussi les larmes de joie, mais Timoti n'a jamais réussi à en fabriquer.

11 h 38 : il se sent un peu mieux après avoir pleuré. À présent, il étudie les traits de son visage dans le miroir. Il essaie de se regarder comme s'il était en face d'un inconnu. Que penserait-il de ce garçon s'il le croisait dans la rue ? En toute franchise, il ne le trouve ni beau ni laid. Son nez prend vraiment beaucoup de place. Ses yeux, sa bouche, ses joues luttent pour exister. Quand il sourit, le garçon a l'air un peu bête. Il ne faut pas qu'il sourie. Pas comme ça, en tout cas. Trouver un autre sourire. S'entraîner. Par contre, quand il fronce le front et plisse la bouche, il impose une certaine autorité. Le garçon lève les sourcils, regarde en biais en baissant un peu la tête, cela lui donne un air rêveur. On dirait un poète, une âme solitaire et incomprise. L'air triste lui va bien. Pas trop non plus, ça fait chien battu.

Arthur, Paul, Guillaume, Aimé, Charles… oui, ce sont bien des prénoms de poètes, et non, Timoti ne l'est pas. Le nom, c'est comme un habit. L'habit ne fait pas le moine. Mais un nom ne peut être porté par un poète et par un shampoing. William

Shakespeare, qui était à la fois poète, chevelu et anglais, a écrit (en anglais) : « La fleur que nous nommons la rose sentirait tout aussi bon sous un autre nom. » Et si elle s'appelait « vomi » ou « crotte » ? Les gens s'offriraient des bouquets de vomi pour la Saint-Valentin ? « Oh, mon amour, qu'elles sont belles, ces crottes » ?

Il se demande s'il serait la même personne s'il s'était appelé Phébus. Il se demande si son père aurait été le même père. Il se demande si sa vie aurait été la même. Tous ces « si » lui font tourner la tête. Il a ouvert la boîte de Pandore des « si », et une nuée de questions auxquelles on ne peut pas répondre bourdonnent à ses oreilles comme un essaim d'abeilles.

11 h 45 : Timoti refuse de répondre à Gérard quand il vient, tout essoufflé, gratter à sa porte pour lui proposer du lait fraise. Bien qu'il raffole du lait fraise, Timoti tient bon et n'ouvre pas. Il ne quitte pas son bureau et résout des problèmes de fractions mécaniquement et sans y prendre aucun plaisir.

De son côté, Gérard n'insiste pas. Il fait ce qu'il a à faire. Il passe l'aspirateur (dans les endroits visibles), travaille un peu. Gérard est secrétaire à domicile. Il rédige des courriers, des mails, des factures, fait un peu de comptabilité, pour des personnes qui ne savent pas le faire ou n'ont pas le temps de le faire ou n'ont pas envie de le faire.

Et pour compléter ses modestes revenus, il pratique une activité qui, contrairement à la première, lui procure du plaisir : la fabrication de coquetiers.

Il vend ses créations le dimanche sur le marché. Il commence à avoir une petite réputation dans la région. Dans ce domaine, son imagination est inépuisable puisque tout ce qui l'entoure l'inspire, c'est du 100 % récup : des coquetiers en coques de noix, des coquetiers en bouchons de liège, des coquetiers origami en papier japonais, des coquetiers en plumes de poule, de canard, de corbeau, des coquetiers faits de brosses à dents usagées, de verres ébréchés, d'ampoules grillées, des coquetiers à partir de coquetiers fendus, fondus ou brisés… Dès qu'il va jeter une chose à la poubelle, Gérard l'imagine d'abord un bref instant en coquetier. Il rêve de se fabriquer un coquetier à sa taille, dans lequel il pourrait confortablement se mettre en boule, mais il ne le commence jamais car il n'arrive pas à se décider pour le matériau. «Je sais! Je vais me faire un coquetier en cuir. J'utiliserai la peau de mon vieux blouson qui fait trop jeune pour mon âge... Ah non, misère! Le dos est tout craquelé.» Jusqu'à aujourd'hui, chacune de ses idées de coquetier géant a été tuée dans l'œuf. Cependant, il ne désespère pas.

12 h 35 : après les avoir passées sous l'eau et emballées dans du papier d'aluminium, Gérard enfourne sans ménagement deux aubergines dans le four. Il attrape trois gros oignons blancs, une petite planche en bois d'olivier, un couteau quelconque et commence par enlever la racine et la tige d'un des oignons. Puis il l'épluche et l'émince. Ses yeux le piquent. Il n'est pas venu à bout du premier oignon que son visage est déjà couvert de larmes. Il renifle et se frotte les yeux avec sa manche quand un bruit lui fait lever la tête.

12 h 38 :

– Tu pleures? demande Timoti, debout dans l'encadrement de la porte de la cuisine.

Gérard pose rapidement un torchon sur les trois oignons.

Timoti n'aime pas voir son père pleurer. Qui aime ça? Il s'en veut d'avoir fait tout un plat pour cette histoire de prénom et de shampoing. La dame de la cantine le lui dit souvent: il y a des enfants bien plus malheureux dans le monde. Il se lave les mains dans l'évier et s'assied à table à côté de Gérard.

– Je vais t'aider, dit-il en prenant le torchon pour se sécher les mains. (Il découvre alors les trois oignons et comprend instantanément la tromperie.) Tu ne pleures pas pour de vrai, c'est l'oignon, tu as menti pour m'attendrir, pour que je te pardonne !

– Je n'ai pas menti. Je t'ai laissé croire ce que tu as cru, ce n'est pas pareil.

– C'est ignoble.

– Tu exagères un petit peu, non ?

– Je tire ma révérence.

En langage timotien, ça veut dire « je vais me coucher ».

12 h 45 :

– Il n'est même pas 13 heures, proteste Gérard.

Habituellement, cela n'inquiète pas Gérard quand son fils tire sa révérence tôt, vers 18 ou 19 heures. Il est même très content mais ne le montre pas pour ne pas le vexer. Cela lui laisse le champ libre pour finir son travail et, une fois terminé, regarder un film de son choix et faire les choses qu'il fait en cachette de Timoti, comme fumer des cigarettes, boire du whisky, écouter des chansons très romantiques qui parlent de sable blanc, de soleil rouge et de cocottes en papier, se faire des petites remontrances à voix haute ou bien des compliments, pleurer en pensant à Geneviève…

Mais là, il est quand même beaucoup trop tôt !

– Cette journée est nulle, à quoi bon continuer ? marmonne Timoti.

– Des aubergines en papillote ?

– Tu essaies de m'acheter avec de la nourriture maintenant, de mieux en mieux !

– Ça suffit, Timoti !

Le visage de Gérard devient aussi violet qu'une aubergine. Apeuré par la colère et la couleur inattendues de son père, Timoti se met à pleurer. Touché par les larmes de son fils, Gérard éclate lui aussi en sanglots.

12 h 51 :

– Papa, pourquoi on est tout seuls ?

– Comment ça, tout seuls ? On n'est pas tout seuls.

– Il y a qui d'autre ?

Gérard réfléchit.

– Monsieur Jacqueline.

– Le postier, ça compte ?

– Bien sûr.

– Mais on ne reçoit jamais de courrier.

– Raison de plus. S'il ne vient pas pour le courrier, c'est qu'il vient pour nous.

– Non, vraiment, pourquoi on est que tous les deux ?

– Et oncle Martingale alors ? Et Sissi ? dit Gérard en essayant d'y croire.

– C'est l'oncle de qui d'abord ?

– « Oncle », c'est une formule, tu sais. C'est comme…

Gérard réfléchit.

– C'est comme le « père Noël » ! C'est le père de qui ? De personne. Mais on l'appelle quand même « petit papa Noël ». C'est une formule, d'autant qu'il a plutôt l'âge d'être un grand-père qu'un père. Tu comprends ?

– Je m'en fiche du père Noël ! L'oncle Martingale, c'est qui ?

– C'est un très vieil ami, nous nous sommes

connus à l'université. On était une petite bande d'inséparables… enfin, avant de se séparer…

– Ils sont où, les autres ?

– Je t'ai raconté la fois où on s'est fait poursuivre par des cochons sauvages et où ton oncle Martingale a sauté dans la Charente en…

– … en oubliant qu'il ne savait pas nager ! Oui, tu me l'as juste racontée trois cent cinquante fois. Papa, ils sont où, les autres ?

Bip bip… bip bip… bip bip… La sonnerie de la minuterie du four retentit.

– Oh, il faut que je sorte les aubergines ! Tu ne veux pas monter faire un puzzle pendant que je finis de préparer le déjeuner ? suggère Gérard.

– C'est ma vie qui est un puzzle, soupire Timoti.

– Oh, c'est joli, ça. Tu es un poète, mon fils. Allez, à tout à l'heure.

12 h 59 : Timoti se tait. Il voit bien dans le regard de Gérard qu'il n'aura pas, une fois de plus, les réponses qu'il attend. Il monte dans sa chambre, s'assied devant sa fenêtre et n'en bouge plus jusqu'à…

13 h 35 : Gérard l'appelle pour déjeuner. Il se lève, descend à la cuisine, déguste son aubergine

aux sournois oignons en discutant avec Gérard de la pluie et du beau temps. Surtout de la pluie.

14 h 12 : Timoti remonte dans sa chambre.

14 h 46 : Gérard lui fait réciter sa leçon d'histoire sur la Révolution française. Il ne fait aucune erreur.

– « Article 13 de la Déclaration des Droits de l'Homme : 1. Toute personne a le droit de circuler librement et de choisir sa résidence à l'intérieur d'un État. 2. Toute personne a le droit de quitter tout pays, y compris le sien, et de revenir dans son pays. »

20 heures : Timoti lit dans son lit.

20 h 30 : Gérard vient l'embrasser. La lune est presque pleine, la nuit claire, autant que la nuit peut l'être.

23 h 58 : Timoti repousse les couvertures. Il n'est pas en pyjama.

5
TOC TOC TOC

00 h 10 :

– Je suis en avance, dit Diane en apparaissant à la fenêtre, je suis toujours en avance !

Timoti s'abstient de lui répondre qu'elle a dix minutes de retard. Il l'attend debout, en manteau. Il a mis un Damart, une polaire, ses baskets de randonnée et des lunettes de soleil triple verre. Il s'est aussi fabriqué un chapeau avec une trousse de toilette en polyester qu'il a réussi à faire tenir sur sa tête grâce à l'élastique d'une lampe frontale. À défaut de se sentir prêt pour l'aventure – mais l'est-on jamais ? –, il est paré pour le froid traître de l'été, la marche, le noir, la pluie et le soleil. Dans cet accoutrement, il a l'espoir de faire fuir les animaux sauvages.

Avant l'arrivée de Diane, il a eu la très mauvaise

idée de feuilleter une revue détaillant plusieurs techniques pour survivre face à un ours.

La première : évitez de rencontrer un ours.

La deuxième : évitez de prendre votre chien avec vous car ils ont le don d'énerver les ours. Timoti n'a pas de chien. Il ne peut donc pas ne pas le prendre avec lui.

Si c'est un ours noir, la revue conseille d'imiter l'ours en agitant les bras. « Cela ne risque-t-il pas de vexer l'ours ? » se demande Timoti. Personne n'aime qu'on l'imite. Il faut accompagner le geste par « le cri le plus viril que vous ayez », dit la revue. Timoti se serait bien entraîné au « cri viril » avant le départ, mais c'était prendre le risque de réveiller Gérard.

Si c'est un ours brun, il faut tout au contraire se mettre à plat ventre et ne surtout pas bouger.

Si c'est un ours blanc, la revue conseille de dégainer son arme, une arbalète ou un pistolet de préférence, sur-le-champ.

Cette lecture a un peu angoissé Timoti : et si on ne sait pas s'il est noir, brun ou blanc ? La nuit, les ours ne sont-ils pas tous gris ?

Diane l'inspecte de haut en bas :

– T'es au courant que c'est l'été ?

– Je suis frileux.

– OK. Mais je te préviens, on s'arrêtera pas toutes les deux minutes parce que t'as trop chaud.

– D'accord, mon capitaine.

Le petit côté autoritaire de Diane ne déplaît pas à Timoti.

– Il est où, ton baluchon ?

– Là ! répond Timoti en désignant une petite valise à roulettes vert sombre.

Diane lève les yeux au ciel.

– T'as dîné ?

– Oui.

– Moi, j'ai mangé des vers cuits à la vapeur au-dessus de l'étang et une salade de pissenlits.

« Beurk », pense Timoti. Mais il n'ose rien dire. C'est peut-être pour rire.

– Bon, t'es prêt ?

– Oui, je dois juste me laver les mains.

Timoti disparaît dans son cabinet de toilette. Diane se jette sur sa valise à roulettes et l'ouvre. Elle met la main devant la bouche pour s'empêcher d'éclater de rire en découvrant une tapette à mouches et un kit antipoison. On entend le bruit du robinet qui coule. Elle se précipite sur la mystérieuse poupée qui n'a pas bougé de son étagère depuis ce matin. Elle l'empoigne par son bras de porcelaine et la fourre dans la valise qu'elle finit de refermer à l'instant même où Timoti sort de la salle de bains.

– C'est parti ! lance Diane en sautant vivement sur la vieille branche du vieil arbre.

– Je te rejoins en bas, répond Timoti à Diane qui doit déjà y être.

Bien qu'il ait déjà effectué trois vérifications, Timoti passe une dernière fois sa chambre en revue. Il veut être sûr de ne rien oublier.

Il allume sa lampe frontale, éteint sa lampe de chevet et sort sans faire de bruit. Sur la table de la cuisine, il dépose un mot pour Gérard. Il pourra le lire tranquillement avec son café :

Papoule, je pars à l'aventure. Ne t'inquiète pas, je ne suis pas seul et tout ira bien, j'espère. Ne mange pas trop de féculents le soir et aère ton bureau au moins 10 minutes par jour. Compte jusqu'à 172 800 et je serai rentré. Peut-être même avant. Je t'aime.

Ton Timoti rien qu'à toi.

P.-S. : Quand je rentrerai, tu voudras bien répondre à mes questions ?

Il referme la porte, qui pousse un grincement désapprobateur. C'est la première fois de sa vie qu'il sort seul la nuit. Il n'a pas l'impression de faire une fugue, pourtant, cela y ressemble. Il n'a pas peur, ou peut-être qu'il n'a pas le temps d'y penser. Diane lui fait de grands gestes au bout du jardin.

Il entend la chouette, l'hirondelle, les grillons, et leurs chants le bercent sans l'endormir. Au contraire, il se sent curieusement très éveillé. Ses yeux grands ouverts s'habituent vite aux ombres. L'obscurité l'enveloppe amicalement. Il goûte l'air doux et parfumé, découvre la saveur sucrée du soir et le sel de l'évasion. Une brise lui chatouille le nez. Il éternue et se retourne immédiatement pour vérifier que la lumière à la fenêtre de son père est toujours éteinte. Ouf, elle l'est. La maison est immobile. Il jette un coup d'œil à sa tour. Il pense si peu à la regarder de l'extérieur. Qu'elle est haute ! Il en a le vertige, un vertige inversé. Son sage séquoia aussi, il le regarde, lui sourit et se détourne. Il court jusqu'à Diane et cette course l'exalte.

– Qu'est-ce qu'on fait, maintenant ?

– J'ai repéré pas loin un endroit sympa pour bivouaquer.

– Bivouaquer ?

– Un camp pour piquer un roupillon avant de prendre la route demain pour de vrai.

– Et je peux savoir où on va ?

– Cassiopée va nous guider, dit-elle, le visage tourné vers le ciel.

– Qui ?

– Tu vois les cinq étoiles les plus brillantes, là (Diane relie du doigt les étoiles entre elles), elles forment un M. C'est Cassiopée.

– Mais ça ne me dit pas où on va…

– Ah, surprise !

– C'est où ?

– Tu verras.

– Je connais Saint-Prise et Surgères dans le département, mais Surprise, ça ne me dit rien.

– C'est pas le nom d'une ville, banane ! Une surprise, c'est une surprise.

Il ravale ses objections et, pour se rassurer, pense à son dernier cours de géographie.

– Tu sais combien il y a de communes au dernier recensement ?

– Non, et je m'en balance ! Si tu nous retardes pas trop, on y sera demain à l'heure du goûter.

Timoti se retourne pour regarder une dernière

fois sa maison au loin. Elle n'est plus qu'une grande ombre froide. La clôture cassée, le potager de Gérard où rien ne pousse, la balançoire chancelante et le chêne qui ne la supporte plus… toutes ces choses familières, devant lesquelles il passe tous les jours, ont une apparence différente dans la nuit. Un voile d'étrangeté les recouvre.

Timoti revient vers Diane. Plus personne. Elle ne l'a pas attendu. Elle est déjà sur la route. Timoti court pour la rattraper en tirant sur la poignée de sa valise à roulettes. Arrivé à sa hauteur, il s'efforce de marcher au même rythme qu'elle.

– Environ trente-cinq mille, dit-il, essoufflé.

– Quoi, trente-cinq mille ?

– Communes.

– Je sens que la route va être longue !

6

C'EST L'HISTOIRE D'UNE FILLE...

Timoti crève de chaud. Il n'ose pas demander à Diane de faire une pause après ce qu'elle lui a dit dans sa chambre tout à l'heure. Il entend encore sa voix : «Je te préviens, on s'arrêtera pas toutes les deux minutes parce que t'as trop chaud.» Elle avance avec une telle détermination. Cette fille a fait l'armée ou quoi?

Il se demande depuis combien de temps ils marchent et combien de temps ils vont encore marcher. Une petite brume envahit le sommet des collines. Elle a l'air petite mais elle est redoutable. Elle joue à modifier les formes, effaçant le pied d'une montagne et le feuillage des arbres qui deviennent squelettiques. Elle fait même disparaître l'enceinte du château des Bouts-rimés. Seules ses sept tours résistent à l'attaque de la petite brume. Elles semblent alors léviter comme des bougies d'anniversaire sur un gâteau fantôme. Est-ce elle aussi qui rend la lune floue comme un rond dans l'eau, la nuit plus opaque ?

Quand Timoti regarde le sol, il voit à peine ses pieds. Noir en bas, noir devant, noir derrière : c'est comme marcher dans un rêve. Il sent qu'une ampoule est en train de se former au-dessus de son talon droit. Il ne se souvient plus s'il a pris des pansements dans sa valise. Il doit y en avoir dans sa trousse de toilette (il a oublié qu'il l'avait sur la tête). Une soudaine envie de rebrousser chemin le pique. Un moustique aussi ! Un moustique assez intelligent pour trouver la seule partie de peau découverte de Timoti : le lobe de son oreille gauche. Qu'est-ce qui lui a pris de partir ? Qu'est-ce qu'il fait là ? Gérard n'a pas mérité une telle punition. Et lui non plus !

Il tourne lentement la tête vers sa voisine. À quoi pense-t-elle ? Pourquoi est-elle venue le chercher, lui ? S'il avait l'opportunité d'acquérir un super-pouvoir, il choisirait sans hésitation celui-là : le pouvoir de lire dans les pensées des autres. « À tes risques et périls ! » dirait monsieur Jacqueline qui en connaît un rayon en lettres et en pensées secrètes.

– À quoi tu penses ?

– À rien, répond Diane.

Le problème, c'est que les gens répondent 90 % du temps : « À rien. » Cela exaspère Timoti qui n'en laisse rien paraître. Alors, soit les gens sont des menteurs, soit les gens sont des idiots. Et les 10 % qui restent ? Ils répondent des trucs inintéressants, du genre : « Je pense qu'il faut pas que j'oublie de fermer la porte en sortant », « Je pense que je mangerais bien du poulet ce soir. » Pourquoi est-ce que personne ne répond : « Je pense à la répétition jour/nuit. Je me demande si je préfère l'aube ou le crépuscule » ?

Il la connaît à peine, mais il est sûr de plusieurs choses : elle n'est pas idiote. Elle n'est pas menteuse. Sauf peut-être quand elle a dit avoir terrassé un dragon. Elle a aussi dit qu'elle avait mangé des vers cuits à la vapeur et des pissenlits. Hum... Tout le reste est probablement vrai. Il décide de lui donner une seconde chance.

– Tu ne penses vraiment à rien ?

– Ah, si ! Je pense qu'on est arrivés.

Timoti est déjà passé plusieurs fois par là en

allant se promener dans la forêt de Joufflue avec Gérard. Il n'avait jamais remarqué l'entrée d'une grotte. Comment avait-il pu ne pas la voir ? Diane s'avance vers l'entrée de la grotte.

– Tu viens ?

– Tu es sûre que ce n'est pas habité ?

– Habité par qui ?

– Des chauves-souris, par exemple.

– L'été, ça m'étonnerait !

– Ça t'étonnerait, donc ce n'est pas impossible… donc c'est potentiellement dangereux…

– Une chauve-souris ? Qu'est-ce que tu veux qu'elle te fasse ?

– Je sais pas, me tirer les cheveux, me crever les yeux, me sucer le sang, par exemple.

– Pfff, ce sont des médisances ! lance-t-elle en entrant dans la caverne. Tu joues aux osselets ? Je crois qu'il y a des ossements fossiles de morts humains, des crânes et tout !

– Non, c'est un jeu d'adresse, c'est ça ? répond-il en la suivant dans la grotte. (L'attrait du jeu lui a fait oublier ses inquiétudes.) Tu connais les ombres chinoises ? Sur les parois, à l'aide de ma lampe frontale, je pourrais te montrer comment je fais l'oiseau qui vole.

– Tout le monde sait faire l'oiseau qui vole.

– Et tout le monde sait faire le lévrier ? renchérit Timoti.

– Tout le monde s'en fiche du lévrier. Moi, je sais faire le cerf qui brame sur la colline et la chevrette qui tète le pis de sa mère… entre autres.

– Vraiment ? demande Timoti qui ne la croit pas une seconde.

– Ma mère est marionnettiste. Elle sait tout faire, et elle m'a tout appris.

Timoti hésite à lui dire qu'il trouve ses propos un peu prétentieux. Personne ne sait tout faire car personne ne peut tout apprendre, ni lui (qui a pourtant essayé), ni elle, ni même sa mère. Mais il craint qu'elle le prenne encore comme une critique envers sa mère. Alors il serre les dents et sourit.

L'intérieur de la grotte est très exigu, mais joliment décoré : le sol est recouvert de perles grises parfaitement polies. Des fientes de chauves-souris ? Certaines stalagmites se couplent à certaines stalactites. Ensemble, elles forment d'étonnantes colonnes de calcaire jaune et rouge, or et ocre. Timoti en est émerveillé.

– On dirait le plafond d'un palais orné de lustres.

– Ça me fait plutôt penser à des dents de dinosaure ! Un dinosaure qui n'aurait jamais entendu parler du dentifrice...

– Ou qui aurait encore le sang de ses victimes collé aux dents ?

– Ou qui se brosserait les dents avec un dentifrice à base de sang, mais aussi du pus jaunâtre de ses victimes !

– Pour garder leur goût dans la bouche le plus longtemps possible.

– Il aurait même un laboratoire dans lequel il le fabriquerait en énorme quantité, suggère Diane. Comme ça, il serait jamais à court !

– Et garderait une bonne santé bucco-dentaire, conclut Timoti.

Diane jette son sac à dos dans un coin, puis s'assied sur un os en forme de longue clavicule. Timoti l'imite, mais pour son confort fessier, il opte pour un os plus proche de l'omoplate. Ouf, il peut enlever sa polaire et son chapeau (enfin, sa trousse de toilette).

– Tu préfères mourir de rire ou d'une indigestion d'éclairs au chocolat ?

– Je préfère pas mourir, répond Diane.

– Oui, mais c'est un jeu, le jeu des « tu préfères ».

– La mort, c'est pas un jeu, dit Diane avec un air très sérieux qu'il ne lui connaissait pas.

Il laisse tomber. Il réessaiera plus tard. C'est son jeu préféré quand même.

– Tu veux que je te raconte une histoire effrayante qui a vraiment eu lieu ?

Timoti n'ose pas répondre « non ».

– Tu devais pas m'apprendre à jouer aux osselets ?

– Il fait trop noir, dit Diane en pointant sa torche allumée sous son menton, ce qui fait apparaître de larges cernes d'ombre sur son visage. C'est l'histoire d'une fille qui était dans mon école. On raconte que le matin de ses onze ans, elle a trouvé un colis posé sur son bureau avec son nom écrit dessus à l'encre ROUGE. Il n'y avait ni timbre, ni cachet de la poste, ni destinataire. Et PERSONNE de sa famille, ni son père, ni sa mère, ni son frère, ni son chien ne l'avait déposé dans sa chambre. On aurait dit qu'il était tombé du ciel. Ou monté des ENFERS ! s'exclame Diane pour faire sursauter Timoti. La fille était toute guillerette. Elle l'a ouvert et, à l'intérieur, elle a découvert une poupée, une magnifique poupée, LA PLUS BELLE POUPÉE QU'ELLE AIT JAMAIS VUE.

– Diane, tu peux arrêter, s'il te plaît.

– Tu veux pas savoir ce qui lui est arrivé ?

Timoti n'arrive pas à se débarrasser de l'image de la mystérieuse poupée reçue ce matin.

– Il s'est encore rien passé ! s'exclame Diane. C'est après que ça devient rigolo.

– Tu as dit « effrayant ».

Diane réfléchit.

– Oui, c'est vrai que c'est pas très rigolo.

– Elle est… elle est… morte ? demande-t-il d'une toute petite voix.

– Oh, non ! Elle a juste perdu tous ses cheveux et deux dents, s'exclame Diane.

– C'est tout ? dit-il en se passant la main dans les cheveux.

– C'est déjà pas mal ! Mais c'est COMMENT ça s'est passé qui est rigo… intéressant. La fille, elle a d'abord éprouvé un sentiment étrange : l'impression que la poupée n'était jamais tout à fait à la même place ou dans la position où elle l'avait laissée. Mais elle n'en était jamais vraiment sûre. Un soir qui ressemblait à tous les autres soirs, elle a posé la poupée sur son lit. Elle est sortie de sa chambre. Elle a traversé le couloir. Et dans le salon, qui était installée sur le canapé ? LA POUPÉE ! Elle a couru dans sa chambre, et qui reposait dans son lit ? LA POUPÉE ! Elle l'a prise et l'a jetée par la fenêtre. Elle a redescendu l'escalier en trombe pour retrouver son frère dans la cuisine et, sur le pas de la porte, qui est-ce qu'elle a vue, assise, les bras croisés, sur le plan de travail ?

– Stop, STOP ! supplie Timoti, les mains plaquées sur les oreilles.

– Encore !

– Je ne veux pas savoir je ne veux pas savoir je ne veux pas savoir !

– OK, OK, j'arrête.

Diane pose sa lampe de poche sur le sol et, avec ses mains, fait naître un roi en ombre chinoise sur le mur de la grotte. Le roi se coupe la tête, une grenouille en sort et le roi n'est plus. La grenouille saute sur la paroi rocailleuse, comme une folle, comme une grenouille ivre, et se transforme en bouteille. La bouteille se renverse et se change en buisson. Le buisson en aigle. Timoti éclate de rire. Elle est vraiment forte ! L'aigle se pose sur deux tas de galets et devient un grand arbre. Diane n'utilise pas ses mains pour les galets puisqu'elles sont occupées avec l'aigle, mais ses pieds. Timoti applaudit. Il est ébloui.

Après une discrète révérence, Diane attrape son baluchon, en sort un cache-yeux et une paire de boules Quies.

– J'ai le sommeil très léger, si tu peux éviter de faire du bruit, dit-elle en se roulant en boule dans un petit duvet.

Timoti ouvre à son tour sa valise et tombe nez à nez avec la poupée. Il pousse un cri. Diane bondit.

– Qu'est-ce qu'il y a ?

Timoti ne répond pas tout de suite. Son cœur bat la chamade. Il prend trois grandes respirations en même temps qu'il se raisonne : il a dû mettre la poupée dans sa valise sans s'en rendre compte. Cela lui arrive souvent de faire des actions en pensant à autre chose et ensuite de ne pas se souvenir qu'il les a faites. Si on réfléchit, il y a très peu de points communs entre l'histoire effrayante de Diane et la sienne : sa poupée à lui n'était pas dans un colis de la poste et ce n'est pas son anniversaire. Il répète plusieurs fois dans sa tête que sa poupée est une poupée ordinaire, qu'elle n'est ni diabolique ni douée du pouvoir de téléportation. Ça va mieux.

– C'est rien, j'ai cru voir une chauve-souris... mais c'était qu'un papillon de nuit.

Un furtif sourire coquin passe sur le visage de Diane.

Timoti rouvre le plus calmement possible sa valise. Il évite de croiser le regard de la poupée et sort un sac à viande en soie, compact et sophistiqué. Une phrase qu'il a lue dans un livre lui revient inopinément : « S'il pouvait penser, le cœur s'arrêterait. »

– Diane, pour les tours de garde, on fait comment ?

La seule réponse qu'il obtient est un ronflement à faire décamper un sanglier.

Timoti cherche le sommeil : il est dans un couloir qui n'a pas de fin. Il croise des portes, aussi bien à droite qu'à gauche, au sol qu'au plafond. Il en ouvre une première en bois, recouverte de graffitis comme ceux que l'on trouve sur les tables de classe. Derrière, c'est un trou noir constellé de chiffres, de figures géométriques et de règles : « Le carré de l'hypoténuse est égal à la somme des carrés des deux autres côtés. » S'il s'approche, il sent qu'il tombe dans une révision sans fin. Timoti referme la porte. Il avance dans le couloir. Il est attiré par une porte jaune clair, un peu sale mais jolie. Derrière, il découvre une femme de dos aux cheveux bruns bouclés. Il ne la connaît pas. Elle se retourne. Elle porte un masque qui est le portrait craché de Diane. De la femme n'apparaissent que ses yeux, très doux, et sa bouche. Elle lui sourit, les coins de ses yeux sont tout plissés. On reconnaît un véritable sourire au plissement des yeux, paraît-il. Timoti referme la porte. Un peu plus loin, une porte verte. Il hésite. Il est fatigué, il en a marre. Il l'entrouvre et, plongé dans un brouillard épais, il aperçoit son père, au bord d'un lit de brume, qui enfile des nuages à ses pieds. De sa bouche s'échappent des bulles de savon. À la place de ses yeux, deux gros oignons. Il referme la porte et, sans plus aucun espoir, pousse celle d'à côté. Las, il n'a même pas regardé quelle apparence elle avait. Derrière, il fait complètement noir. Il y a juste un petit panneau éclairé d'une lumière bleue très douce sur lequel il est écrit quelque chose. Il lit : *Sommeil.*

7
DRÔLES DE COÏNCIDENCES

Des rayons de soleil s'invitent dans la grotte et s'amusent à se poser précisément sur le visage de Timoti. Assailli par la lumière, il ouvre les yeux. « Où suis-je ? » Ah, oui ! il se souvient. Mais Diane n'est plus à ses côtés. Elle s'est envolée en laissant derrière elle sa mue, son petit duvet. Il présume que c'est donc un abandon provisoire.

Il s'extirpe de son sac à viande, considère la caverne de jour et se dit qu'il a rarement aussi bien dormi depuis onze ans, soit l'intégralité de sa vie. Dans sa valise, il prend un Tupperware qui sert de trousse de toilette (la sienne étant devenue chapeau), de la compote de pommes dans une boîte d'allumettes qui sert de Tupperware, et sort de la grotte pour petit déjeuner et se brosser les dents à l'air libre (à faire l'un après l'autre et dans le bon ordre, car manger de la compote de pommes en se brossant les dents altère les effets de l'un comme de l'autre).

Dehors, le temps est splendide, comme dirait monsieur Jacqueline. Les oiseaux sont d'excellente humeur. Ils ont survécu à la nuit et le font savoir en chantant. Timoti tend l'oreille pour distinguer les différentes sections de l'orchestre. Le premier violon est un rossignol. Le pivert martèle la cadence. Les merles n'ont pas l'air de suivre le chef d'orchestre et entonnent une partie frénétique de flûte. Soudain, Diane surgit d'un fourré.

– J'ai cueilli des mûres sauvages !

– Tu les as bien prises en hauteur ?

– Je les ai prises là où elles étaient.

– Ah. (Il prend un air embêté.) Il faut toujours les cueillir à au moins quatre-vingts centimètres du sol pour éviter les risques d'échinococcose.

– D'échinocoicoi ?

– D'échinococcose. C'est une zoonose. Une maladie transmise par l'urine du renard.

– Encore des ragots ! Des ragots de rat des villes !

– Ça n'existe pas ?

– Si, mais c'est pas l'urine qui contamine les

mûres. C'est les excréments. Il faut être plus précis quand on veut être rabat-joie, dit-elle en avalant toute une poignée de mûres.

Elle l'a bien mouché. Timoti termine sa compote de pommes en silence. Perchés sur une branche, trois petits oiseaux jaune et noir, des mésanges probablement, chantent en chœur « rabat-joie, rabat-joie ».

– On plie bagage et on va se baigner.

Timoti ne sait quoi répondre. Ce n'est ni une question ni un ordre.

Il la suit en se demandant s'il a pris son maillot de bain. Ils rassemblent leurs affaires et disent au revoir à la grotte.

Après cinq minutes de marche, ils arrivent au bord d'une rivière, enchantée par les reflets du soleil. De grands saules versent leurs pleurs dans une eau vert argenté : « Quels rabat-joie », pense Timoti. Diane trempe un orteil pour goûter la température de l'eau. Timoti fouille dans sa valise à la recherche de son maillot, évitant encore une fois de croiser le regard fixe de la poupée.

Après un déshabillage éclair, Diane, en culotte et débardeur, se jette dans la rivière en poussant des cris d'allégresse. Timoti a fait chou blanc. Il s'assied

sur une pierre et sifflote de façon un peu forcée en contemplant une vieille godasse et l'emballage doré d'un Twix qui flottent sur l'eau.

– Tu viens pas ?

– J'ai pas très envie, tout compte fait.

Timoti pressent que s'il dit la vérité, elle insistera jusqu'à l'obliger à se baigner en slip, ce qu'il ne veut pour rien au monde, car il porte un slip à fleurs. Il n'aime pas trop non plus qu'on voie ses cuisses. Elles n'ont rien de particulier, mais il les trouve différentes de celles des autres garçons, un peu plus rondes, un peu plus blanches. Il n'aime pas non plus ses hanches, ni ses mollets, ni sa tache de naissance couleur café au lait sur le genou droit, ni ses épaules trop étroites, ses mains trop larges, ses oreilles trop décollées, ses lèvres trop fines, ses cheveux pas assez épais… Trop de trop, trop de pas assez.

Parfois, dans son bain, il s'imagine posséder un tube de colle et des ciseaux magiques, et il joue à couper un petit bout par-ci, recoller un petit bout par-là. Il pense à Jérôme, le plus beau garçon de la classe. Il aimerait être comme lui, physiquement seulement, car – et il se demande alors si c'est une question de proportions – Jérôme est aussi bête qu'il est beau. Il est si bête qu'il copie même le nom de son voisin pendant les dictées. Il passe des cours entiers à dessiner des poitrines, des zizis et des poitrines-zizis sur la table. Il pense que la guillotine est un gâteau à la fraise et que l'Afrique est un pays.

– Diane, tu préférerais être très belle ou très intelligente ?

– Je le suis déjà, banane ! dit-elle en l'éclaboussant. Allez, viens, elle est trop bonne !

– Diane, pourquoi tu ne portes pas de chaussures ?

– Je ne supporte pas les chaussettes, dit-elle en plongeant la tête sous l'eau.

– D'accord, mais des chaussures ? demande-t-il quand elle réapparaît.

– Je ne supporte pas les chaussures sans chaussettes. Bon, tu viens ?

– Non, merci.

Timoti cherche la godasse des yeux et la trouve, elle a fait pas mal de chemin depuis tout à l'heure. Le Twix est loin derrière.

– Me dis pas que tu sais pas nager ! s'exclame Diane tout en se faisant masser le dos par une petite cascade.

– Si, je sais.

– Tu peux le dire. Je me moquerai pas de toi. Je le jure sur ta tête.

– Je sais nager.

– Il y a pas de quoi avoir honte. Il y a même des adultes qui ne savent pas nager. Je te jure, ça existe. Ma mère avait un ami qui ne savait pas. Un jour, il s'est jeté dans la Charente pour échapper à des cochons sauvages. Il avait oublié…

– … qu'il savait pas nager.

– Oui ! dit-elle en disparaissant à nouveau dans l'eau.

« Drôle de coïncidence, pense Timoti. Il faut croire que cela arrive souvent en Charente. »

– Je peux t'apprendre ! dit-elle en réapparaissant.

– Je sais nager !

– OK, OK.

Timoti comprend que tant qu'elle ne le verra pas dans l'eau, elle ne le croira pas. L'idée que sa parole soit mise en doute lui est insupportable. Il décide donc de se jeter à l'eau pour lui prouver qu'il n'est pas un menteur. Il est même un très bon nageur. Mais il y a la question épineuse du slip à fleurs. Oh et puis zut ! Il ne va pas non plus se priver d'un moment agréable par peur de la moquerie.

Il profite du moment où Diane a la tête sous l'eau pour enlever rapidement ses couches de vêtements, son Damart trempé de sueur, et s'avancer quasiment nu vers la berge.

– J'adore ton slip !

Trop tard, elle l'a vu. Est-ce de l'ironie, la plus sournoise des formes de moquerie selon lui, ou un vrai compliment ?

– Merci, répond Timoti en entrant dans l'eau prudemment. Ta culotte aussi, elle est jolie.

– T'as regardé ma culotte !

– Non, pas du tout.

– Comment tu sais qu'elle est jolie alors ?

Timoti est pris au dépourvu.

– T'as bien regardé mon slip, finit-il par répondre.

Diane réfléchit un instant puis lâche :

– Un point pour toi !

L'esprit de Timoti reprend des forces, l'eau est fraîche juste comme il faut.

– Je sais pas pourquoi, je ne peux pas m'empêcher de retourner les compliments, dit-il en commençant une brasse.

– Ils sont pas sincères, alors. Sympa pour ma culotte !

– C’est pas ce que je voulais dire, je la trouve vraiment…

– Laisse tomber ! dit-elle en sortant de l’eau.

– Tu as vu ? je sais nager.

– Oh, oui ! je le savais.

– Comment ça ?

– J’ai dit que je te croyais pas pour que tu viennes te baigner.

À cet instant, il la déteste. Il cesse de la regarder et nage en repoussant l’eau avec colère. L’emballage de Twix passe à côté de lui. Il l’attrape et le garde dans le creux de sa main. Il n’a jamais rencontré quelqu’un d’aussi manipulateur. Même Isidore ne mentait pas comme Diane le fait pour obtenir ce qu’elle veut. C’est vrai qu’Isidore ne mentait jamais. Il disait tout ce qu’il pensait et c’était souvent vexant. Heureusement, il ne pensait pas trop souvent. Timoti retourne vers la berge et sort de l’eau, oubliant sa pudeur et son slip. Il est accueilli par une brise inattendue qui lui caresse le front. Il rejoint Diane qui s’est assise sur une grosse pierre et s’essuie les pieds sur l’herbe.

– Qu’est-ce que t’as sur le genou ? lui demande-t-il.

– Oh, une petite algue. Qu’est-ce que t’as dans la main ?

– Un emballage de Twix. C'est pour le jeter dans une poubelle.

Il désigne le genou de Diane.

– À côté de l'algue, c'est pas une algue ?

– Ah, ça ? Non, c'est une tache de naissance. C'est beau, hein ? dit-elle en s'allongeant à même le sol. Je trouve que ça fait de moi une personne encore plus unique !

« Une personne encore plus prétentieuse, oui », pense Timoti, si fort qu'il craint qu'elle ne l'ait entendu.

– On sèche et on décolle.

Encore ce ton, ni ordre ni question.

– Et oui, j'ai entendu, ajoute-t-elle, un sourire en coin.

– J'ai rien dit ! répond Timoti avec un air coupable.

– Ouais ouais…

Timoti s'assied à côté d'elle et approche son genou du sien.

– Une personne pas si unique. Regarde, j'ai la même tache.

– Ah oui, dit-elle en regardant à peine et en sifflant avec un brin d'herbe.

– C'est incroyable comme coïncidence, non ?

– C'est le principe d'une coïncidence d'être incroyable, non ?

– Oui, mais celle-là…

– Tu sais, une fois, avec ma meilleure amie, Charlie, on s'est rendu compte que notre dessert préféré à toutes les deux, c'était le banana-split.

Timoti ne voit pas le rapport, mais ne dit rien. Monsieur Fesse lui dit souvent qu'il a raté une bonne occasion de se taire. Il paraît qu'on est plus beau la bouche fermée et qu'on a 70 % de chances d'avoir l'air plus intelligent.

– On s'habille et on y va. Sauf si tu veux rester en slip.

8

YOAN
ET LE CHIEN TÊTE EN BAS

Diane regarde l'heure au ciel. Le soleil est à son zénith, la lune se couche : il est midi. Les deux enfants marchent d'un bon pas dans un champ de blé désespérément plat. Le bal saisonnier des moissonneuses-batteuses est passé. Pas un nuage à l'horizon, plus un épi. Quelques bottes de paille abandonnées ici et là. Timoti cogite : cette histoire de tache est plus tenace que de la myrtille écrasée sur un pull de laine blanc.

Soudain, une odeur désagréable l'extirpe de ses pensées.

– C'est quoi, cette odeur ? demande-t-il en grimaçant.

– Ça doit être des soucis, répond Diane.

– Qu'est-ce que tu veux dire ?

– Des soucis des champs, tu connais pas ? C'est des petites fleurs jaunes qui puent.

– Ah, non. Je connais les fleurs des livres mais pas vraiment en vrai…

– Y a pas d'odeur dans les livres.

– Si, ça arrive. Si c'est bien décrit, tu peux sentir…

– Mouais. C'est pas en lisant un livre que tu sauras quelle odeur ont les soucis ou la lavande.

Timoti est à court d'arguments. Il se sent battu et un peu coupable de ne pas savoir comment mieux défendre les livres. Mais elle n'a pas tort. Il ne sait pas quel parfum a la lavande. Et celui des soucis, il s'en serait bien passé.

– Timoti, tu peux me rendre un service ?

– J'en serais honoré.

Diane fait sa tête de « je ne te comprends pas, tu peux parler français s'il te plaît ». Il s'explique :

– Mon père dit que c'est un honneur d'être sollicité pour un service.

– Ah oui, je ne l'avais pas vu sous cet angle. Eh bien, aie l'honneur de me gratter le dos. Là, entre les deux omoplates. Ça me démange grave.

Timoti s'exécute.

– Merci ! Avec ma mère, on a un jeu : quand on

fait une bonne action, on gagne des points karma. Je lui fais couler un bain, par exemple, et hop, des points karma.

– Pourtant, les bains, c'est mauvais pour la planète.

– Ah, tiens, qui revoilà ?

– Qui ?

– Timoti, le rabat-joie ! C'est mauvais pour la planète, mais c'est bon pour ma mère ! Alors, on fait comment ?

Timoti ne sait pas quoi répondre.

– Et qu'est-ce qu'ils font, ces points ? demande-t-il.

– Plus t'en as, plus t'as de la chance et plus t'es heureux dans la vie. Mon ex-beau-père, Yoan – mais il veut qu'on l'appelle Yoyo –, est prof de yoga. Je le déteste, mais il m'a tout appris : le chien tête en bas, la demi-sauterelle, le corbeau, l'enfant, la tête de vache, le lotus, le crocodile, le guerrier et, bien sûr, la salutation au soleil.

– C'est quoi, le chien tête en bas… et… ?

– Des postures de yoga, répond Diane en attrapant son pied droit par l'arrière. Le genou plié, le buste en avant, elle tend son autre bras devant elle.

– Ça, c'est la posture du seigneur Shiva Nataraja, le dieu hindou de la danse. Avant, on vivait en Inde, à New Delhi, avec l'autre con.

Une détonation retentit qui les fait sursauter. Puis une deuxième. Selon toute apparence, quelqu'un leur tire dessus. Diane se plaque à terre, entraînant Timoti avec elle.

– Bouge pas !

C'est un ordre. Cela ne fait aucun doute, pour une fois.

– À trois, on se lève et on va se cacher derrière cette botte de paille ! dit Diane en désignant un gros tas jaune et rectangulaire à quelques mètres. Un, deux, trois !

Ils s'élancent vers la botte, mais la valise de Timoti se met à osciller d'une roue sur l'autre et manque de se retourner. Diane la prend et la met sur sa tête. Ils rejoignent leur abri de paille et s'accroupissent. Timoti pense aux trois petits cochons. Si sa mémoire est bonne, la maison de paille n'est pas la meilleure option. Diane pose la valise. Son palmier est tout aplati. Les coups de feu semblent se rapprocher.

– Oh, mon Dieu, Diane, on est sur un champ de bataille !

– Timoti, il faut que je te dise quelque chose… Je ne voudrais pas que tu meures sans le savoir.

– D'accord, dit Timoti, inquiet. Je ne voudrais pas que TU meures sans me l'avoir dit.

– Je suis… Je suis… Tu es…

– Oui ?

– Je suis…

– Diane.

– Non.

– Non ?

– Si, mais… je suis ta… tu es mon…

Il n'a jamais vu Diane aussi confuse. Ça l'inquiète encore plus. Elle devrait gérer la situation et garder son sang-froid. C'est quand même elle qui l'a entraîné dans l'aventure. S'il avait su que l'aventure c'était potentiellement la mort ! On ne peut pas compter sur elle. Tout en écoutant d'une oreille ses bégaiements, Timoti essaie d'apercevoir le tireur. Lentement, il sort le haut de sa tête. Les battements de son cœur s'accélèrent. Il distingue au loin une silhouette kaki couronnée d'une tache orange.

– Je suis…

– Quelque chose est tombé du ciel ! s'exclame Timoti.

Les tirs s'arrêtent quelques secondes.

– Nous sommes… Tu es…

– Une femme ! s'écrie Timoti.

– Non, tu n'es pas une femme.

– Hein ? Non, le tireur est une femme.

– Je suis ta sœur.

– Quoi ?

– Je suis ta sœur.

Timoti est abasourdi. Les tirs ont l'air de s'être définitivement arrêtés.

Tout près d'eux, Diane remarque une forme sombre. Elle rampe jusqu'au corps immobile et découvre une tourterelle inanimée.

Des vociférations de plus en plus fortes sortent Timoti de sa torpeur.

– Diane, reviens !

Une femme avec une casquette orange et un grand fusil fonce sur eux :

– Qu'est-ce que vous faites là, saletés de gosses ! Vous n'avez pas le droit d'être là, c'est une propriété privée !

La femme prend la tourterelle, la fourre dans son sac. Puis elle saisit le bras de Diane comme si elle voulait le lui arracher.

– Je vais vous apprendre à vagabonder dans ma propriété au lieu d'être à l'école !

La chasseuse est aussi rouge que monsieur Fesse. Diane se débat :

– Lâchez-moi ! Je suis Diane, la déesse de la chasse. Et je vous ordonne de me lâcher !

Diane essaie de mordre la femme, mais celle-ci est beaucoup trop forte.

– T'es une vraie petite sauvageonne, toi ! Je vais vous ramener à vos parents illico et j'espère qu'ils vous corrigeront sévèrement.

Sans réfléchir, Timoti attrape sa valise, tire la poignée rétractable et assène un coup impitoyable dans les mollets de la chasseuse. C'est la première fois qu'il frappe quelqu'un. La chasseuse pousse un cri aigu et lâche sa prise. Diane est libre.

– Vous ne connaissez pas le « droit d'accès à la nature » ? s'écrie Timoti, qui dépasse pour la première fois les quatre-vingt-dix décibels en répondant à un adulte. C'est le droit de tout un chacun de profiter de la nature et de ses fruits, et sans le consentement préalable du propriétaire. C'est une liberté constitutionnelle, madame ! La nature appartient à tout le monde.

Sur ces mots, il empoigne la main de celle qui dit être sa sœur et l'entraîne. Ils courent comme des dératés. La chasseuse se lance à leur poursuite. Heureusement, ses armes et ses sacs remplis de tourterelles assassinées la ralentissent. Timoti ne pensait pas qu'il était capable de sprinter à cette vitesse. Si monsieur Fesse le voyait !

– Arrêtez-vous, sales morveux ! Vous allez voir ce que vous allez voir quand je vous aurai attrapés. J'en prendrai un pour taper sur l'autre !

Soudain, une voix nasillarde venant de nulle part résonne dans le champ désert :

– Ne ratez pas ce soir le cirque Flouzatte ! Clowns et acrobates ! Animaux aristocrates ! Vous en repartirez à quatre pattes !

– Vous aussi, vous allez repartir à quatre pattes, sales petits vermisseaux mal élevés ! menace la chasseuse qui les talonne.

C'est alors que Timoti distingue au loin, sur la route, une petite voiture bringuebalante à la carrosserie rose.

– Diane, une voiture !

Au même moment, la chasseuse se rend compte qu'elle a semé ses lapins derrière elle. Pas question d'abandonner son butin du matin. Elle fait demi-tour pour les récupérer.

Diane et Timoti atteignent la route. Un gros bonbon sur quatre roues vient vers eux à la vitesse d'une tortue asthmatique. Timoti fait de grands gestes. Diane fait de même.

Des enceintes sont accrochées sur les portes arrière de la voiture par des tendeurs multicolores :

– Ce soir, ce soir, l'émission de télé, elle se rate. Pas le cirque Flouzatte ! Pas besoin de dîner, vous serez rassasiés ! Mais sachez que vous ne verrez ni lions ni singes car, dans la famille Flouzatte, nous sommes contre la souffrance animale et ne dressons que des fourmis et des mille-pattes.

– Tais-toi, imbécile, on a dit qu'on le disait pas ! gronde une autre voix dans le micro.

– Personne viendra, sinon !

D'autres voix se superposent. C'est une dispute. Tout le monde parle en même temps.

Diane se tourne vers Timoti.

– Un cirque sans animaux sauvages, c'est comme un aquarium sans poissons.

– Je ne suis allé qu'une fois au cirque. Je me souviens surtout d'un éléphant qui balançait sa trompe de droite à gauche comme un pendule… Il avait l'air tellement triste.

La chasseuse a récupéré ses lapins et a repris sa course. Timoti et Diane discernent mieux la voiture et ses occupants. Timoti compte cinq personnes à l'arrière dont deux qui dépassent du toit ouvrant, quatre à l'avant avec la conductrice. Et deux enfants sont assis côte à côte sur le rebord d'une des fenêtres arrière. Ils ont tous les cheveux noirs et les yeux noirs et perçants. Timoti reconnaît les membres de la famille Flouzatte qu'il a vus sur la photo du dépliant reçu la veille.

– Ne ratez pas ce soir le cirque Flou…

L'homme à la voix nasillarde est interrompu en plein milieu de sa phrase par sa voisine qui lui arrache le micro en lui écrasant la tête pour l'obliger à rentrer dans la voiture, mais ceux à l'intérieur le poussent dans l'autre sens.

– T'es nul ! C'est pas ça qu'il faut dire ! Écoute et prends exemple : Petits et grands, la famille Flouzatte vous attend dans ses…

Un des enfants vole à son tour le micro.

– … dans ses WC !

C'est un jeune garçon rond comme un nez de clown.

– Vous pourrez faire pipi. Pas comme Rosalie qui fait dans sa culotte !

La fillette, assise à côté de lui, crie « C'est pas vrai ! » en donnant des coups de pied aux passagers sur la banquette arrière qui protestent :

– Rosalie, arrête ! Aïe ! Ouille ! Rosalie !

– Stoooop ! Y a des auto-stoppeurs ! hurle le garçonnet.

La voiture s'arrête à la hauteur de Diane et

Timoti en crachotant des petits nuages de fumée noire.

– Désolée, on est complet ! lance la conductrice.

– C'est faux, il reste deux places sur l'autre fenêtre arrière ! s'exclame Rosalie.

– On est déjà onze ! répond la conductrice.

– Treize, c'est trop, dit un vieux monsieur en tenue de voltigeur.

– Et ça porte malheur ! s'écrie un jeune homme à l'arrière.

– Au contraire, ça porte bonheur, le contredit sa voisine avec force.

– Si c'est comme ça, je sors. C'est eux ou MOI ! hurle le jeune homme.

– Oh, arrête ton cirque ! s'esclaffe la voisine.

Et la cacophonie reprend de plus belle. Diane et Timoti se retournent pour apercevoir la chasseuse qui arrive à grandes enjambées. Diane tente d'intervenir, mais c'est comme si elle était invisible.

Soudain, un coup de feu retentit qui leur cloue le bec à tous. La chasseuse n'est plus qu'à quelques mètres de la route. Diane saisit la poignée de la porte.

– Laissez-nous monter ! Elle nous poursuit ! Elle va nous tuer !

La chasseuse recharge son fusil.

– Si vous partez sans nous, c'est « non-assistance à personne en danger » ! s'écrie Timoti.

– Non quoi ? demande Rosalie.

– Ne pas aider une personne en péril…, explique le vieux voltigeur.

– C'est un délit puni par la loi ! précise Timoti.

BAM ! Toutes les oreilles sifflent. La chasseuse a tiré en l'air.

– Montez et accrochez-vous ! lance la conductrice en lâchant le frein à main.

Diane et Timoti sautent dans la voiture et s'asseyent côte à côte sur le rebord de la fenêtre disponible. C'était moins une. La voiture démarre à l'instant même où la chasseuse pose une botte sur l'asphalte. Sa casquette est de travers. Ses yeux sont révulsés. Des taches bleu indigo parsèment son visage déformé par la rage et l'effort. Elle agite en l'air un pauvre lapin qu'elle tient par les oreilles en aboyant :

– Arrêtez-vous !

La voiture roule nettement plus vite que tout à l'heure.

– Cette fois-ci, on est complet, lui lance Rosalie.

– Je vous retrouverai.

– Qui va à la chasse perd sa place ! crie Diane avec un rire nerveux.

Timoti, lui, ne rit pas du tout. La voix et les menaces de la chasseuse lui glacent le sang. Il la reverra, oui, cela ne fait aucun doute. Dans ses cauchemars.

Il ne faut pas longtemps pour qu'une nouvelle dispute éclate à l'intérieur de la voiture. Le motif : la représentation du soir et l'ordre de passage des numéros. Accoudés au toit, les enfants ne prêtent pas attention à la nouvelle querelle en dessous d'eux. C'est une musique de fond habituelle pour Rosalie et son frère. Et chez eux, au chapiteau, c'est trois fois plus bruyant puisqu'ils sont trois fois plus nombreux. Tous les quatre profitent du paysage, le nez au vent.

– Comment vous vous appelez ? demande Rosalie.

– Moi, c'est Diane. Et lui, c'est Timoti.

– Moi, c'est Rosalie, et lui, Rosalion.

– Je suis son frère AÎNÉ.

– Il a toujours besoin de le dire…, dit Rosalie, puis elle chuchote, suffisamment fort pour être entendue par Rosalion : … parce que je mesure un centimètre et huit minimètres de plus que lui.

– Un centimètre et cinq minimètres ! Mais je suis le plus gros !

Timoti sent qu'une dispute se profile. Pour l'éviter, il pose une question à Rosalion sur un autre sujet :

– Et tu fais un numéro de cirque ?

– Oui, je suis lion.

– C'est-à-dire ?

– J'ai un costume de lion. Rosalie est la dompteuse. Je saute dans des cerceaux fluo, j'ouvre grand ma gueule, je rugis, je fais des claquettes…

Rosalie lui coupe la parole :

– Je ne fais pas que du domptage de lion. Je suis aussi otarie. Je fais tourner une balle rouge sur mon nez, je tiens sur les mains, le buste et la queue en l'air, et je joue de la flûte.

– Waouh ! s'exclame Timoti.

– Pas mal, dit Diane.

– Je me demandais aussi, ajoute Timoti, il y a vraiment un bébé à barbe dans votre famille ?

– Bernardo ? Oui, c'est notre cousin germain, répond Rosalie. Il est né avec une barbe noire de huit centimètres. C'est comme son doudou. Mais en mieux car il ne peut pas la perdre ! Ses parents vaporisent même un peu de leur parfum dessus.

– Et vous, vous êtes frère et sœur ? demande Rosalion.

Timoti et Diane se regardent.

– Oui, répond Diane, on est jumeaux.

– Jumeaux ! s'exclame Timoti qui l'apprend en même temps que Rosalie et Rosalion.

– Oui ! confirme-t-elle.

– Jumeaux, la chance !

– C'est vous qui avez de la chance d'avoir une aussi grande famille, dit Timoti.

– De la chance ? Tu parles, quelle plaie ! Imagine que tu vas à la boulangerie et que tu t'achètes un pain au chocolat. Toi, tu vas le partager en deux. Nous, c'est en trente qu'on doit le partager. Et imagine si je m'achète un Malabar !

– Quelle horreur ! s'exclame Diane. Jamais je partagerais un pain au chocolat, avec personne, famille ou pas famille… Zut ! On va pas dans la même direction que vous maintenant. Il faut qu'on descende.

Rosalie tape trois petits coups sur la carrosserie. La voiture s'arrête net. Diane et Timoti sortent, remercient la conductrice, saluent les occupants moyennement attentifs, et la voiture repart en pétaradant.

– Vous viendrez nous voir au cirque ? lance Rosalie.

– Oui, promis ! répondent d'une même voix Diane et Timoti en agitant les mains.

– On vous montrera les coulisses ! crie Rosalion.

– Et vous pourrez tirer la barbe de Bernardo ! Ça le fait mourir de rire.

Timoti et Diane se remettent en marche. Les chamailleries des Flouzatte les accompagnent encore un peu.

– J'ai envie de faire pipi !

– On s'arrête plus ! La voiture repartira pas, sinon.

– J'ai lu qu'on pouvait mourir de pas faire pipi.

– Moi, j'ai lu qu'on pouvait mourir de dire n'importe quoi.

– N'importe quoi !

Soudain, on ne les entend plus.

– Quelle barbe ça doit être de faire partie d'une famille nombreuse ! s'exclame Diane.

– Oh, ça a l'air sympa, je trouve.

– Si t'as envie de devenir sourd, ouais.

– Oui, mais c'est… animé !

– Mouais… je préfère les dessins…

– Hein ?

– Les dessins animés !

Et elle explose de rire à sa propre blague.

– Mon prof de gym, monsieur Fesse, dit qu'il ne faut jamais rire à ses propres blagues.

– Et t'as dit qu'il s'appelait comment?

Et elle explose de rire.

9
CINQ MOIS

– Maman m'a dit que très peu de couples continuent à s'aimer quand ils ont un bébé, alors deux !

– Pourquoi ?

– Le manque de sommeil, je crois.

Ils se regardent et déclament à l'unisson :

– Le sommeil, c'est sacré.

Diane reprend plus sérieusement :

– J'imagine que c'est dur de s'aimer quand on manque de sommeil. On a plus de raisons de se disputer, aussi : « C'est à toi de changer sa couche ! Non, c'est ton tour ! Qu'est-ce qui t'a pris de lui donner de la betterave, maintenant, il vomit partout ! Où t'as mis sa tétine ? Bravo, tu l'as réveillé en éternuant ! » Enfin, j'imagine que c'est comme ça…

– C'est pourtant parce qu'ils s'aiment qu'ils font un bébé, non ?

Diane se frotte le menton et récapitule lentement :

– Grosso modo, ils font un bébé parce qu'ils s'aiment, et ne s'aiment plus parce qu'ils ont fait un bébé. C'est vrai, c'est pas très logique. Moi, je m'en fiche, je ne ferai ni l'un ni l'autre.

Diane et Timoti marchent tranquillement sur la route. Pas une voiture n'est passée depuis une heure. Ils croisent une aire de pique-nique, une grande table en bois et deux bancs maigrichons, au milieu de rien. Le soleil indique qu'il est approximativement 15 heures. Ils ont oublié de déjeuner.

Ils s'installent à la table. Timoti sort de sa valise un paquet de chips goût paprika, deux sandwichs thon-tomate qu'il a faits à la hâte quand Gérard avait le dos tourné, et des yaourts à la vanille.

– On est vraiment jumeaux ?

– Oui.

– J'arrive pas à le croire.

– Je le jure sur ta tête.

– Jure-le sur la tienne.

– Je le jure sur la tienne.

– Pfff… t'es insupportable.

– Si t'étais pas mon frère, je t'aurais démantibulé. Même ta mère, elle t'aurait pas reconnu.

– Très drôle ! N'empêche, sans moi, tu serais probablement accrochée à un tableau de chasse, entre trois lapins et deux tourterelles ! réplique Timoti.

Diane pouffe.

– Un point pour toi.

– Je sais pas quand la partie a commencé, mais j'ai l'impression d'avoir gagné pas mal de points depuis hier.

Diane extrait de son baluchon sa gourde chérie prénommée Odette et un petit paquet dans un tissu beige. Elle le déplie avec précaution jusqu'à dévoiler son contenu : des fleurs aux pétales rouge orangé.

– Tiens, goûte, t'as gagné ça !

– Qu'est-ce que c'est ?

– Des capucines. T'inquiète, c'est comestible.

Pour une fois, Timoti ne tergiverse pas. Manger des fleurs l'enthousiasme.

– Ça a un goût épicé. On dirait du radis noir.

– Je continue à te raconter ?

– L'histoire de la fille et de la poupée ? demande-t-il, inquiet.

– Non, notre histoire, banane.

Timoti baisse la tête. Il s'est passé tellement de choses en si peu de temps. Tous ces changements l'angoissent. Gérard lui manque, mais il n'est pas sûr de regretter sa tour et son train-train quotidien. Il ressent une vraie contradiction. Il voit bien que depuis qu'il est avec Diane, il n'a plus du tout de temps pour réfléchir. Parler, se baigner, jouer, se faire tirer dessus, monter dans une voiture pleine d'inconnus, s'asseoir sur le rebord d'une portière, avoir les cheveux au vent, manger des fleurs… c'est cela, vivre ? Vivre vraiment ?

Et Gérard, que fait-il en ce moment ? Est-ce qu'il s'inquiète beaucoup ? Est-il parti à sa recherche ? A-t-il prévenu monsieur Jacqueline ? Qui d'autre pourrait-il prévenir à part lui ? La police ? Est-ce mal d'être parti comme ça en pleine nuit ? Son esprit n'a plus la place pour toutes les questions qui se présentent à lui. Elles font la queue devant sa porte, une file d'attente aussi longue que celle du stand de gaufres, le premier jour de la fête foraine.

Timoti relève la tête et fixe Diane, l'air perdu.

– Je t'écoute.

Elle ne termine pas ce qu'elle a dans la bouche avant de parler :

– Donc, comme je te disais… j'en étais où déjà ?

Ah oui, Diane et Phébus, comme les jumeaux mythologiques.

– Enfin… si ta mère n'avait pas eu un besoin ABSOLU de shampoing…

– Timoti, c'est quand même mieux que Phébus… Et puis, c'est aussi TA mère, je te signale.

– Oui, mais laisse-moi le temps de m'habituer.

– Tu devrais être content.

– Ah, bon? Toi, t'étais contente d'apprendre que t'avais un père et qu'il t'avait abandonnée?

Diane secoue la tête.

– C'est pas tout à fait ça qui s'est passé. Écoute-moi.

– Je sais pas si…

– C'est moi qui suis sortie la première, je te ferai dire, c'est moi l'aînée. J'ai une minute de sagesse en plus et la priorité de parole. OK?

Après une grimace de mécontentement, Timoti acquiesce.

– Merci. Donc, où j'en étais? Ah oui, on est rentrés à la maison et ça a commencé à chauffer entre eux… Ils se disputaient tout le temps et nous, on criait vingt-quatre heures sur vingt-quatre. C'était l'enfer à la maison, et NOTRE mère est tombée amoureuse de cet idiot de Yoan. Il partait vivre en

Inde. Il lui a proposé de le suivre. Elle a dit oui. On avait cinq mois. Ils ont coupé la poire en deux. NOTRE mère m'a emmenée avec elle et t'es resté avec ton père.

– NOTRE père.

– Oui, oui.

Timoti se lève, fait quelques pas et s'assied par terre. Il plonge ses mains dans l'herbe. Ses doigts vont et viennent comme pour démêler une chevelure en désordre. Il s'allonge. Une plume sans propriétaire plane et écrit peut-être dans l'air un message qui lui est destiné. Il n'a pas le courage de le lire. Au-dessus de lui, un cumulus d'une blancheur éclatante dans lequel il discerne deux bouches, un œil et deux nez le dévisage bizarrement. Sa vue se brouille, et son cœur lui monte à la gorge.

– On remballe, déclare Diane.

Timoti ne répond rien. Il ne bouge pas non plus. Diane s'allonge à côté de lui.

10
TOUJOURS DES SECRETS

– Oh, un visage ! Là, dans le nuage, tu le vois ? T'as jamais remarqué que quand on regarde une forme abstraite qui ressemble à rien, on finit toujours par y voir quelque chose ? Notre cerveau fait tout le temps ça : donner du sens à ce qui n'en a pas. Ça m'énerve. Si on a envie de contempler quelque chose qui veut rien dire, on peut pas, on n'a pas le droit !

Timoti fait une drôle de tête.

– Qu'est-ce que t'as ?

Timoti essaie de parler mais fond en larmes.

Diane lui tend Odette. Il n'en veut pas. Elle s'assied en tailleur, lui enlève une chaussure, puis l'autre, et enfin ses chaussettes. Il la laisse faire. À son grand étonnement, elle commence à lui masser les pieds. Ils se tortillent, ça le chatouille. Mais Diane les retient fermement. Timoti glousse malgré lui. C'est sans doute un réflexe nerveux, mais il se sent moins triste. Il passe sa manche sur ses joues pour les sécher. Après une grande respiration, Timoti déclare :

– Ça s'appelle la paréidolie.

– Quoi ?

– L'illusion d'optique qui nous fait voir des visages partout.

– Ah, oui ? Je savais pas que ça avait un nom.

– Tout a un nom.

– Ah, bon… t'es sûr ?

– Oui. Le lieu où tu m'emmènes, par exemple, il a un nom. Lequel ?

– Je vais te trouver un truc qui n'a pas de nom, moi.

– Diane, où tu m'emmènes ?

– Au pays du Toujours-toujours.

– Non, sérieusement.

– C'est sérieux, c'est le pays des enfants retrouvés. Un pays où l'on peut toujours grandir, mais dans le bon sens, du bas vers le haut, des racines vers le ciel, des pieds à la tête, avec ou sans chaussures ! Où il y a toujours des secrets, mais ni trop ni pas assez.

– Et toi, t'es la fée Clocharde ou Peter Faux Plan ?

– Je suis le capitaine Crachat, rrrr-ptiou !

Elle est vraiment dégoûtante. Il remet ses chaussettes et ses chaussures.

– Je vais rentrer, mon père doit s'inquiéter.

– Mais non, je l'ai prévenu.

– C'est vrai ?

– Non. Mais un peu d'inquiétude, ça n'a jamais tué personne.

– Qu'est-ce que t'en sais ? Ta mère ne s'inquiète jamais ?

– NOTRE mère, tu veux dire. Non, elle sait que je suis comme les chats, je reviens toujours à ma gamelle !

– Le chat de monsieur Jacqueline n'est jamais revenu. Il s'est fait écraser par une trottinette à moteur.

– C'est pas de chance. Disons alors que je suis comme les chats, mais en moins débile.

Timoti retourne à son ciel. Il se doute bien du lieu où l'emmène Diane. Il sait qui l'attend ou ne l'attend pas à Surprise. Mais y penser le terrorise. Pourquoi ? Il l'ignore, car penser à sa peur d'y penser lui fait tout aussi peur que d'y penser tout court. Alors il ne pense plus.

Il cherche le visage aux deux bouches. Mais le cumulus s'est transformé. Il avait tout à l'heure la forme d'un chou-fleur rond et boursouflé. Un aspect sympathique. C'est maintenant un cumulus congestus. Il est plus haut que large et ressemble à une tour, à sa tour. Son blanc est toujours éclatant, mais sa base est assombrie. Vu du dessous, il est menaçant. C'est le portrait craché du plus acariâtre de la famille : le cumulonimbus.

– On bouge, ça sent l'orage ! Viens, Timoti.

– Pourquoi t'es venue me chercher ?

– Si tu te lèves, je t'explique.

– C'est du chantage.

– Et alors ?

– Le chantage, c'est mal. Et il ne faut jamais négocier avec les maîtres-chanteuses.

– Ah, bon ? Et le donnant-donnant, c'est mal ? On peut appeler ça du donnant-donnant, si tu préfères.

Timoti arrache une poignée d'herbe et la jette sur la tête de Diane qui s'empresse de riposter. Une bataille de boules d'herbe s'engage.

– C'est mal d'arracher l'herbe ! s'écrie Timoti en recevant une grosse touffe dans l'œil.

Il a un peu honte, comme à la cantine au temps

des batailles de purée, et en même temps, il ne peut s'empêcher de s'amuser.

– Je te signale que c'est toi qui as commencé, destructeur de la nature ! Moi, c'est de la lèche-vitrines défense.

– Hein ? Tu veux dire de la légitime défense, patate !

– Tu m'as appelée comment, là ?

Et Diane lui écrase une grosse boule d'herbe amalgamée à de la terre fraîche sur le haut du crâne.

Quand il a plus d'herbe que de cheveux sur la tête, Timoti déclare forfait. Il se laisse tomber par terre, les mains en l'air, et quémande la clémence de Diane. Elle accepte mais en profite pour lui sauter dessus et entonner un chant improvisé, accompagné d'une danse de la victoire :

– C'est qui qui a la gagne ?
C'est Diane !
C'est qui qui a des fans ?
C'est Diane.
Dans la famille Batailleur, c'est qui qui la meilleure ?
La sœur !
C'est qui qui qui est à terre ?

Timoti joue le jeu en terminant la chanson sur le même ton que Diane :

– *Le frère !*

Folle de joie, elle tambourine sur sa poitrine en imitant le cri de l'araponga blanc d'Amazonie. Ce petit oiseau de la taille d'une colombe détient le record du cri le plus puissant du monde animal. Celui-ci peut atteindre les cent vingt-cinq décibels, soit l'équivalent d'un concert de hard rock ! Et Diane s'entraîne depuis longtemps à reproduire son chant. Timoti se bouche les oreilles.

Quand elle a terminé sa démonstration de fair-play, elle lui tend la main pour l'aider à se relever. Elle lui enlève deux, trois brins d'herbe dans le dos et ils reprennent la route.

À contre-jour, dans le soleil couchant, leurs ombres sont identiques.

11
MÉLANIE !

Heureusement pour eux, le ciel n'a pas tenu sa promesse. L'orage a fait faux bond.

– Je pensais te dire que j'étais ta sœur quand on arriverait. Et puis, j'ai préféré te le dire avant, à cause des coups de feu, mais aussi parce que j'avais peur que tu tombes amoureux de moi.

Timoti rougit. L'amour est un sujet très embarrassant.

– C'est un vrai problème, je te jure. Les garçons tombent toujours amoureux de moi. À l'école, en colo, à la bibliothèque, au centre aéré… partout. En plus, ils se fâchent car je ne les aime pas en retour. Ce que je trouve assez minable, tu ne trouves pas ? C'est pas ma faute si je distribue des râteaux à la pelle, dit-elle en lançant un clin d'œil bien appuyé à Timoti.

– Tu sais que ça a un nom, ça ?

– Le charme, le charisme, la beauté ?

– Non, l'érotomanie.

– Quel rapport avec les rots ? J'ai pas de problème de rots, moi !

– Éros c'est le dieu de l'amour, patate ! Toi qui t'intéresses aux dieux et aux déesses. L'érotomanie, c'est quand tu penses que tout le monde est amoureux de toi.

Diane lui envoie une grande tape sur l'épaule. Il la lui rend sans attendre, et ils éclatent de rire à l'unisson. C'est drôle, leur rire est identique. Ils ne s'en rendent pas compte. Si on les regarde bien, on trouve chez eux tout un tas de similitudes : le nez légèrement retroussé, la couleur des yeux, noisette, le teint clair, la forme de la bouche. S'ils pouvaient se voir, s'ils pouvaient s'entendre, cela leur sauterait aux yeux. Mais pour l'heure, mieux vaut sans doute qu'ils n'aient pas tout à fait les yeux en face des trous.

– Maman m'a tout raconté de la séparation quand j'avais cinq ans, quand elle a jugé que j'étais assez grande pour comprendre. Après, j'y ai pas du tout repensé. Comme si je vous avais mis dans une boîte, toi et notre père, que j'avais mis un couvercle dessus, que je l'avais fermée à clé. Et puis, il y a un an, Maman a quitté Yoan et on est venues ici. Elle a découvert qu'il avait une double vie de professionnel de poker sur Internet, qu'il se faisait appeler Yoyoda797 et était inscrit sur cinq sites de rencontres, dont un réunissant les amoureux des crottes de nez. Ça n'a pas traîné, *Hasta la vista,* Yoyo ! *Sayoyonara !* Ça m'a pas déplu ici, même si l'école chez vous, c'est pire que l'armée. Mais il y a un mois environ, j'ai commencé à faire un rêve à répétition : une grenouille piégée dans un bocal coassant de plus en plus fort. Ses coassements finissaient systématiquement par me sortir du sommeil. Une nuit sur deux, je me réveillais en sursaut, des gouttes de sueur sur le front et le cœur battant à cent à l'heure. Je me disais : « La prochaine fois, j'ouvrirai son bocal », mais une fois dans le rêve, impossible ! Soit la fixation du couvercle était trop forte, soit le bocal avait une serrure et j'avais pas la clé, soit il était électrifié, soit j'avais plus de mains… Je ne savais pas comment me débarrasser de cette grenouille ! Une nuit, je ne sais pas pourquoi, au lieu de me rendormir comme d'habitude, j'ai sorti des vieux cartons de Maman du placard. J'ai fouillé dedans et je suis tombée sur des photos de ton père, de nous, bébés, sur des lettres aussi. Et sur le dos d'une enveloppe, j'ai découvert que vous habitiez à une trentaine de kilomètres de chez nous. J'ai rien dit à Maman. J'ai fait mon baluchon. Et me voilà ! Et tu vas pas me croire, mais la nuit dernière, pour la première fois depuis un mois, j'ai pas rêvé de cette satanée grenouille. Bon, j'ai rêvé de chauves-souris… mais c'est quand même un progrès !

Timoti reste un moment silencieux. De tout ce que lui a raconté Diane, bizarrement, seule la grenouille émerge.

– Tu connais l'histoire de la grenouille qui ne savait pas qu'elle était cuite ? demande-t-il.

– Je connais la grenouille qui voulait se faire plus grosse que le bœuf, la grenouille à grande bouche, la grenouille et le scorpion, le prince-grenouille, les cuisses de grenouille en persillade… Oui, je me suis beaucoup documentée sur la grenouille à cause de ce rêve à la noix. Mais pas la tienne.

– C'est une histoire dont on tire une leçon.

– Ça donne envie…, marmonne Diane.

– Une grenouille nage tranquillement dans

une marmite d'eau froide. Le cuisinier augmente petit à petit la température de l'eau. C'est si progressif que la grenouille ne s'en aperçoit pas. Elle continue de s'amuser jusqu'à ce que l'eau soit à ébullition et qu'elle soit cuite.

– C'est horrible !

– S'il l'avait plongée directement dans l'eau bouillante, elle se serait probablement échappée d'un bond de la marmite. Mais en montant très doucement la température, elle ne s'est rendu compte de rien.

– C'est quoi, la leçon ?

– La leçon, c'est que des changements progressifs sont aussi dangereux que des changements brusques. Le changement, c'est pas bon.

Diane fronce les sourcils. À tel point qu'elle a un monosourcil. Cette conclusion la contrarie. Elle se raconte à nouveau l'histoire dans sa tête et réfléchit.

– Au contraire ! s'exclame-t-elle enfin comme si elle avait trouvé un remède à une maladie incurable. C'est une incitation à l'action, à la révolte. La grenouille était dans son petit confort, ses petites habitudes… Résultat, elle s'est fait cuire sans même s'en rendre compte. Ce n'est pas le changement qui est mauvais, c'est la passivité ! C'est de ne rien faire !

– Non, non, ce n'est pas la morale de mon histoire.

– C'est toi, la grenouille ! Et si j'étais pas venue te chercher en haut de ta tour, t'aurais fini comme elle dans la marmite.

– J'aurais été bien mieux dans une marmite plutôt qu'avec toi ! C'est MON histoire, c'est MOI qui décide de la morale.

– Les histoires appartiennent à TOUT LE MONDE ! Relis des contes de fées. On y trouve un tas de princesses mollassonnes qui végètent dans des tours jusqu'à ce qu'un prince vienne les sauver. Relis-les, tu seras peut-être un peu plus reconnaissant.

– Hein ? C'est moi, la princesse mollassonne ? s'insurge Timoti.

– Bah, oui !

– Et toi, tu m'as sauvé ?

– Un peu, mon neveu.

– C'est une blague ? Depuis que je suis avec toi, c'est n'importe quoi ! J'ai dormi dans une grotte avec des chauves-souris, on m'a tiré dessus. J'ai roulé dans une épave pleine à craquer, qui sait si la conductrice avait son permis de conduire. Et puis, j'ai des ampoules aux pieds. Je préférerais avoir un chien borgne et cul-de-jatte qu'une sœur comme toi !

– La bave de la grenouille n'atteint pas la blanche colombe.

Le ton est monté d'un coup. Ni l'un ni l'autre ne sait clairement pourquoi il en est à ce niveau d'ébullition. C'est disproportionné, dirait monsieur Jacqueline.

– Grrrrr…

– Pas la peine de grogner, tu sais parler, non ? s'énerve Timoti.

– J'ai pas grogné ! proteste Diane.

Une ombre immense tombe sur eux deux. Diane lève les yeux vers le ciel et n'y voit aucun nuage. Le soleil brille fièrement.

– Grrrrr…

– Qu'est-ce que t'as dit ?

– Rien.

– Grrrr…

Ils se retournent. C'est un ours. Un vrai de vrai. En chair, en os et en fourrure. Il est énorme, il doit bien mesurer deux fois leur taille. Et encore, à quatre pattes. Ses oreilles sont petites et rondes, son museau est gros et carré. Son pelage est hirsute.

– Di… Di… Di… Diane, qu'est… qu'est-ce qu'un… qu'un ours fait ici ?

– Il s'est peut-être échappé du cirque des… Flou… chouette.

– Flouzatte. Ils… ils… ont dit qu'ils avaient pas d'animaux sauvages.

– Alors… soit ils ont menti, soit… ce n'est pas un ours mais une très très très grosse fourmi. Poilue. Soit… Je sais pas, moi !

La peur empêche Timoti de réfléchir. Il essaie de se rappeler les instructions de la revue mais n'entend que son cœur qui bat. Sa vue se brouille.

– Tu… tu… dirais qu'il est de quelle couleur ?

– De la couleur des gros gros problèmes.

– Dis… dis… dis-moi, c'est important.

– Noir… et marron.

– Noir ou marron ? Il faut choisir ! Parce que s'il est noir, il faut se mettre à plat ventre et pas bouger. Mais s'il est marron, c'est l'inverse : il faut agiter les bras, faire du bruit. Ou alors, c'est le contraire.

– On n'a qu'à alterner les deux ? Ou sinon, je peux pousser mon cri d'araponga ?

– Non, surtout pas ! Ça… ça risque de l'énerver encore plus.

L'ours s'impatiente et pousse un grondement qui fait sursauter les deux enfants. Il se met debout sur ses pattes arrière. Timoti a l'impression qu'il fait maintenant la taille d'un immeuble de six étages. L'ours agite ses griffes comme pour leur faire admirer sa nouvelle manucure. Elles sont longues et recourbées, et si pointues qu'un coup de patte suffirait aisément à tuer.

– On court ? propose Diane.

– Ne jamais fuir ! Il nous rattraperait en moins de deux. Un ours peut courir à une vitesse allant jusqu'à cinquante-cinq kilomètres à l'heure.

À pas de loup, l'ours s'avance. Il semble savourer le moment, se pourlécher les babines à l'idée de son prochain repas. Par qui va-t-il commencer ? « C'est un ours sadique », pense Timoti.

Timoti ouvre vite sa valise à la recherche d'une idée. Il élimine la tapette à mouches, la crème hydratante pour les pieds, le recueil de poèmes d'Apollinaire qui s'appelle *Le Bestiaire* (ça pourrait peut-être plaire à l'ours ?). Il se récite en accéléré un des poèmes qu'il connaît par cœur :

L'Écrevisse

Incertitude, ô mes délices
Vous et moi nous nous en allons
Comme s'en vont les écrevisses,
À reculons, à reculons.

C'est alors que Timoti tombe nez à nez avec la poupée. Sans réfléchir, il la jette aux pattes de l'ours qui s'immobilise devant la minuscule créature inanimée.

– Mélanie ! s'écrie Diane.

– Tu la connais ?

Diane ne répond pas. Elle fait un pas pour aller chercher la poupée. Timoti la retient. Il referme la valise.

– Donne-moi la main, chuchote-t-il à Diane. On va marcher à reculons. Tout doucement. À reculons, à reculons.

L'ours approche timidement sa patte vers la poupée, la passe dans ses boucles blondes et pousse un grognement gentil. Il n'a plus d'yeux que pour elle. Il la soulève délicatement et la pose sur sa nuque de sorte qu'elle soit confortablement adossée à la bosse de muscles qu'il a entre les épaules.

Puis, sans un regard pour Timoti et Diane, l'ours s'en retourne vers la forêt. Les enfants s'arrêtent et ne bougent plus. Ils ne prononcent pas un mot tant que l'ours n'a pas complètement disparu. Alors, Timoti pose la question qui lui brûle les lèvres depuis trois minutes interminables :

– Je peux savoir pourquoi tu l'as appelée « Mélanie » ?

– On a eu chaud !

– Tu la connais ?

– Oui, je la connais. C'est ma poupée, banane.

Timoti n'en croit pas ses oreilles.

– Je ne comprends pas. C'est toi qui l'as mise sur mon bureau ? Pourquoi tu me l'as pas dit ? Pourquoi tu m'as raconté cette histoire de poupée maléfique ? Tu voulais me faire peur ?

Timoti multiplie les pourquoi. Chaque question qui lui vient en produit une nouvelle. Et sa colère et son incompréhension grandissent. Est-ce que Diane se moque de lui ? Pourquoi ? Pour en rire avec ses vrais amis ? Pour être la fille la plus maligne du monde ?

– Si tu me laisses en placer une, je t'explique.

– Je t'écoute, dit-il.

– C'était un cadeau, c'est tout.

– Pourquoi ?

– Par gentillesse.

Un sourire mi-angélique mi-diabolique se pose sur ses lèvres. Celles de Timoti se serrent tellement qu'elles sont comme aspirées par sa bouche. D'ailleurs, on dirait qu'il n'a plus de bouche. On dirait le museau d'un babouin. Diane tente autre chose :

– Par générosité ?

– Je te crois pas. Pourquoi m'offrir un cadeau sans dire qu'il vient de toi ?

– Par modestie ? dit-elle en minaudant.

Il hausse le ton :

– Je te crois pas !

– OK, OK. Je vais te dire la vérité. C'est un truc de frère et de sœur. On appelle ça un canular. C'est comme une blague. Mais ça demande un peu plus de préparation. Tous les frères et sœurs font ça. T'as qu'à te renseigner ! L'histoire de la fille et de la poupée qui se téléporte, c'était un peu gros, je le reconnais… Mais bon, on a onze ans à rattraper ! Onze ans de bagarres, de chamailleries, de farces. Onze ans de bêtises, de jeux, de rigolades ! Tu piges ?

– Mais la fille, alors, elle a pas perdu ses cheveux ?

– Non.

– Elle a perdu des dents ?

– Mais non, y a pas de fille ! J'ai tout inventé.

Timoti fixe Diane en silence. Il ne connaît pas les us et coutumes des familles traditionnelles. Il pense à Isidore qu'il a déjà entendu raconter les mauvaises blagues faites à son frère cadet, comme lui mettre la main dans un bol d'eau la nuit pendant qu'il dort pour lui faire faire pipi au lit, attacher ensemble les lacets de ses chaussures sous la table pour qu'il tombe en se levant, rajouter du poivre dans sa compote de pommes, cacher son cahier de devoirs dans le congélateur… Mais Isidore n'est pas un modèle, ni en tant que frère ni en tant qu'ami.

12
MOITIÉ OURS, MOITIÉ POUPÉE

Un goût d'agrume est suspendu dans l'air. Timoti et Diane vont dans la nuit. La lune est partie en week-end ; les étoiles, en colonie de vacances. Le ciel est vide, si noir qu'il absorbe même la lumière de leurs lampes torches. Chacune éclaire misérablement le petit tronçon de route devant eux.

Diane et Timoti ne s'adressent pas la parole depuis une bonne quinzaine de minutes, soit trois heures et demie en temps ressenti. C'est un genre de roi du silence sans jeu, sans amusement, une guerre des nerfs non violente, un sport de bouche fermée et d'endurance.

Diane est la première à craquer.

– Ma mère dit que les personnes les plus

intelligentes, et de très loin, sont celles qui s'excusent les premières.

Et elle glisse des excuses entre ses dents serrées. Timoti sourit malgré lui. Il tourne la tête pour le dissimuler, mais trop tard. Elle l'a vu. « La glace commence à fondre, se dit-elle, c'est le moment d'attaquer. » Et la meilleure arme qu'elle connaisse pour attendrir une personne fâchée, c'est l'humour. Ça marche bien avec sa mère, ça devrait marcher avec son frère.

– Tu préfères avoir une sœur insupportable ou passer tes vacances au camping du cimetière ?

Il rit. C'est gagné.

– Et toi, tu préfères avoir un frère peureux ou rêver de grenouilles toute ta vie ?

Diane fait semblant d'hésiter. Timoti fait mine qu'il va lui écraser le pied. Elle esquive la basket, lève sa jambe et la tend jusqu'à ce que son pied nu atteigne le visage de Timoti. Elle écrase alors ses orteils en plein dans ses narines. Il repousse le pied puant en protestant :

– T'es insupportable !

– Je t'avais prévenu, banane !

Il pense à la poupée.

– J'espère que l'ours sera sympa avec Mélanie.

Des images du couple leur viennent. Ils explosent de rire.

– Tu crois qu'il va la présenter à ses parents ?

– Obligé ! Et bientôt, le mariage !

– Et après, la lune de miel !

– Parfait pour l'ours, la lune de miel !

– Et puis, beaucoup d'enfants !

– Moitié ours, moitié poupée.

– Des poupées super poilues !

– Et des nounours en porcelaine…

– … avec des boucles blondes !

Ils sont pliés en deux et leur rire éclate dans la nuit comme des feux du 14 Juillet.

Quand, soudain, Diane sent la lumière de faisceaux de phares derrière eux. Elle ne rit plus. Une voiture roule dans leur direction. Diane tire Timoti sur le bas-côté et le plaque au sol, lui plongeant le visage dans la terre. Il proteste et la repousse avec force. Elle bascule en arrière et se retrouve au bord d'une énorme bouse.

Timoti se relève, le visage maculé de boue comme un soldat. Les phares sont de plus en plus proches. C'est le petit camion jaune de La Poste. Diane se redresse à son tour. Le véhicule s'arrête à leur niveau. Au volant, monsieur Jacqueline, tout

sourire, et à côté de lui, Gérard, pâle comme une endive.

– C'est Papa, souffle Timoti à Diane.

– Le postier ?

– Non, l'autre.

Elle pointe sa torche vers la vitre de Gérard pour mieux voir son visage.

– Celui aux yeux rouges, pas rasé et blanc comme une endive ?

La portière avant s'ouvre. Gérard en sort. Il prend Timoti dans ses bras et le serre contre lui. Il l'enveloppe comme s'il voulait le recouvrir intégralement, ne pas laisser une parcelle de lui à l'air libre.

– Qu'est-ce qui t'a pris de partir comme ça ? Tu imagines le choc que j'ai eu en me réveillant ? Mon bébé, mon tout-petit.

Et il le serre encore plus fort.

– Papa, j'étouffe.

Gérard desserre son étreinte. Des larmes affleurent au bord de ses yeux. Il regarde Diane un court instant, assez longtemps pour éprouver un sentiment étrange, et une infime décharge électrique dans le cœur, qu'il ignore.

– Venez, il fait froid.

La nuit est tiède. Gérard aide les enfants à grimper à l'arrière du camion. Diane et Timoti s'asseyent sur deux grands sacs de courrier. Diane baisse la petite fenêtre qui permet de communiquer avec les passagers de devant. Timoti salue monsieur Jacqueline et, sans attendre qu'il le fasse pour elle, Diane se présente brièvement :

– Je m'appelle Diane. Je suis une copine de Timoti, de l'école.

Timoti la regarde. Elle ment vraiment bien. Gérard réagit au prénom Diane. Mais il ne poursuit pas plus loin la réflexion. Ses pensées sont accaparées par Timoti.

– On va te ramener chez toi, Diane. Quelle est ton adresse ? demande monsieur Jacqueline en souriant.

– Merci, monsieur, vous êtes très aimable. Je vais vous indiquer la route, ce n'est pas loin. Il faut prendre la première sortie au rond-point, puis la deuxième à gauche, et ce sera à quelques pâtés de maisons.

Timoti ne la reconnaît pas. Diane s'exprime avec une extrême courtoisie et sa voix est sensiblement plus aiguë. À cet instant, Timoti comprend que l'aventure est terminée. Ses mains sont moites et glacées. Il les frotte l'une contre l'autre pour les réchauffer et se donner du courage. « Demain ne sera plus jamais comme hier », se dit-il, sans être sûr que cela signifie quelque chose. On dirait le titre d'une chanson d'amour débile ou du dernier James Bond.

Il ne sait pas s'il est joyeux ou triste. Et pourtant, il voudrait que ce moment soit sans fin : être assis la nuit à l'arrière de la fourgonnette, Diane près de lui, son père devant, sa mère à quelques kilomètres seulement. Il cherche Cassiopée dans le ciel. La voilà. Les cinq étoiles qui forment un M. Ils roulent bien dans sa direction.

Timoti croise son reflet dans le rétroviseur. Il se trouve assez beau, le visage en partie noirci de boue, les cheveux en bataille et brouillés de terre. Puis soudain, cette image de lui l'effraie. Il ne se reconnaît pas. Il s'essuie les joues et le front avec sa manche et chuchote à Diane :

– Qu'est-ce qu'on va faire ?

– À propos de quoi ?

– À propos de nous, d'eux, quand on arrivera chez toi. Est-ce qu'on leur dit qui on est, qui ils sont ?

– Ah, je ne sais pas... Je pensais à autre chose, j'ai une question qui me turlupine.

– Quelle question ?

– Je me demande comment les pétomanes font pour produire autant de gaz. Tu crois qu'ils ont une alimentation particulière ? Des exercices spéciaux ?

– Tu te moques de moi ? C'est à ça que tu penses dans un moment pareil !

– On ne choisit pas à quoi on pense !

– Si, un peu quand même.

– Pas moi. Ma pensée est totalement libre !

– Non, sérieusement ? Qu'est-ce qu'on fait, une fois là-bas ?

– On verra ce qu'il se passe. Ils vont forcément se reconnaître. On improvisera en fonction de leur réaction. Mon prof de théâtre dit toujours : « La vie est une longue improvisation. La mort, le clou du spectacle. »

– Il est joyeux, ton prof !

– Plus maintenant, il s'est suicidé.

Timoti blêmit. Diane pouffe.

– Mais non, je rigole ! T'aurais vu ta tête ! On aurait dit que ta mâchoire s'était décrochée !

– Je croyais que la mort, c'était pas un jeu. C'est toi qui l'as dit dans la grotte.

– J'ai dit ça ?

– Oui. Je m'en souviens très bien.

– C'est que ça devait m'arranger à ce moment-là.

– T'es insupportable !

– Oui, mais géniale aussi, non ?

– Je vois pas du tout en quoi.

– Ce que tu mens mal. Je t'apprendrai si tu veux !

– À être génial ou à mentir ?

– Les deux !

– Tu connais le mythe du jumeau maléfique ?

– Non, mais le nom me plaît.

– Chez des jumeaux, il y en aurait toujours un bon et un mauvais.

Diane prend alors sa tête dans ses mains en gémissant :

– C'est faux. Je n'ai jamais jeté de sorts à quelqu'un. Et quand je plante des aiguilles dans Mélanie, c'est juste une petite séance d'acupuncture…

Elle fronce tout son visage, cherche vraisemblablement à pleurer, mais on a plutôt l'impression qu'elle a très envie de faire pipi. « Elle en fait des caisses, se dit Timoti. Si c'est ça qu'on apprend dans les cours de théâtre… » Les yeux écarquillés, le menton tremblotant comme de la gelée de coing, elle prend une voix d'outre-tombe :

– Oui, je sors la nuit, surtout les soirs de pleine

lune, j'aime pas me laver les dents et je mets ni chaussures ni chaussettes… Ça fait pas de moi la jumelle maléfique. Je ne fais de mal à personne. Je ne veux le malheur de personne.

Après avoir dit cela, elle se remet à parler normalement :

– Sauf de Tom, un 6^{e}B qui a refusé que je joue à la paume avec lui et ses copains parce que je suis une fille. Il a dû sentir que j'allais les battre à plate couture… Et puis, Fanny, elle, elle mérite vraiment de se réveiller le corps couvert de verrues. OK, j'ajoute juste Lou, Idrissa et Lola, et après, j'arrête. J'ai dit Imogène ? En même temps, lui, il a déjà le malheur de s'appeler Imogène…

Elle reprend sa voix plaintive et larmoyante, mais n'arrive toujours pas à pleurer.

– Je suis la bonne jumelle, moi. C'est toi, le mauvais jumeau. Tu caches bien ton jeu avec ton regard de cocker !

– Moins fort, ils vont nous entendre.

– Et alors ? Je veux que le monde entier entende, que tout le monde sache qui tu es réellement : Timoti, le jumeau maléfique ! Bas les masques !

Elle lui attrape les oreilles et les tire comme si elle voulait lui retirer son visage.

– Arrête, t'es folle, tu me fais mal.

Elle le fait aussi un peu rire.

– Ça va derrière ? demande monsieur Jacqueline.

– Oui, oui, monsieur, répond Diane avec sa voix de première de la classe.

Elle lâche Timoti et approche son visage de la petite fenêtre pour livrer au facteur son plus beau sourire. Elle est vraiment timbrée. Puis elle revient vers Timoti et le découvre qui pleure à chaudes larmes sans faire de bruit. Elle pose sa main sur son épaule.

– Eh, je blaguais ! Je sais que t'es un gentil. Ça va aller, hein ?

Il pleure encore.

– Allez, excuse-moi, lui dit-elle avec tendresse.

En moins d'une seconde, il ne pleure plus. Son visage est revenu à la normale : pas la moindre trace de larmes ou de chagrin. Comme si rien ne s'était passé. Diane le regarde, interloquée. Il sourit de toutes ses dents :

– Je t'apprendrai si tu veux !

13
GENEVIÈVE

La fourgonnette roule au pas dans une allée calme et pavillonnaire. Toutes les maisons se ressemblent, blanches comme une armée de fantômes, une rangée de dents, sauf une, vert et bleu.

– C'est là ! s'exclame Diane.

Monsieur Jacqueline gare son poussin motorisé devant la maison. Les lumières à l'intérieur sont allumées dans toutes les pièces et à tous les étages. Soit il y a quelqu'un, soit le propriétaire n'a pas une once de conscience écologique. Gérard, qui n'a pas dit un mot de tout le trajet, sort le premier. Il ouvre la portière arrière du camion car elle ne s'ouvre que de l'extérieur. Le responsable des véhicules de la poste doit craindre que les lettres tentent des évasions lors des tournées. Tout le monde sort, sauf Timoti.

– Timoti, tu viens ? Nous allons saluer les parents de ton amie.

Timoti refuse de sortir, prétextant des fourmis dans les pieds. Diane le traite discrètement de poule mouillée. Il regarde son père, Diane et monsieur Jacqueline s'avancer jusqu'à la porte d'entrée. Gérard cherche la sonnette.

– Il n'y a pas de sonnette. On a une autre manière de sonner, un code spécial entre nous.

Diane se met à siffler. Monsieur Jacqueline reconnaît l'air de *Frère Jacques*. Après avoir sifflé la première phrase : « Frère Jacques, frère Jacques, dormez-vous, dormez-vous ? », Diane écoute. Rien ne se passe. Elle reprend à l'identique. Une fenêtre s'entrebâille alors au premier étage. Une grosse tête de marionnette frisée en sort. On entend un sifflement. Il répond au premier : « Sonnez les matines, sonnez les matines, ding daing dong, ding daing dong. » La grosse tête disparaît. Et puis, rien.

Deux minutes passent dans un silence. C'est assez long. Monsieur Jacqueline regarde Gérard. Gérard regarde Diane. Diane jette un coup d'œil à Timoti qui les regarde tous.

Soudain, la porte s'ouvre. Une femme apparaît. Elle ressemble à une chouette. Une auréole de boucles brunes entoure son visage rond. Des yeux noisette, un nez aquilin et une longue bouche aux lèvres fines et soigneusement dessinées. La femme chouette se fige.

– Bonsoir, madame, dit monsieur Jacqueline qui ne comprend pas pourquoi personne ne parle.

Gérard a dépassé le stade de l'endive, il est à présent blanc comme l'intérieur d'un radis noir (pour rester dans les légumes).

– Geneviève ? arrive-t-il enfin à prononcer dans un souffle.

– Gérard, répond-elle.

Sa voix tremble.

Diane se colle à sa mère qui lui caresse les cheveux et pose sa main sur son épaule.

– Geneviève, TA Geneviève ? chuchote monsieur Jacqueline, alors que tout le monde l'entend.

Gérard n'ose pas répondre « oui ». Il est désarçonné. Et son regard semble perdu comme celui d'un tout petit enfant au milieu d'une foule.

Soudain, Geneviève retrouve une partie de ses esprits. Elle retire sa main de l'épaule de Diane.

– Tu n'étais pas chez Charlie, toi ?

Elle s'apprête à faire la leçon à sa fille quand elle aperçoit Timoti, assis seul dans le camion. Leurs regards se rencontrent et s'aimantent.

Au même moment, Diane sent les yeux de Gérard posés sur elle. Elle regarde ailleurs exprès, essaie de prévoir la suite des événements. S'il pouvait arrêter de la fixer. C'est très déconcentrant. Dans son scénario, Gérard n'était pas censé arriver si tôt. Sa présence complique la situation. Diane n'arrive pas à réfléchir. Son ventre fait des gargouillis. Il faut vite qu'elle mange. La faim la rend féroce. Elle se sent comme un loup-garou au début de sa transformation. La faim est sa pleine lune. Bientôt, elle deviendra méchante, prête à mordre le premier venu. Elle court à la fourgonnette, attrape la main de Timoti.

– Viens, je vais te montrer ma chambre.

Et profite de l'état de choc de Gérard et Geneviève pour se faufiler dans la maison avec lui.

14
PAS UN BB, MAIS DEUX BB

Le frigo est grand ouvert. Diane fouille à l'intérieur. Timoti remarque que les aliments sont rangés n'importe comment. Sur l'étagère la plus haute, une salade fraîche s'acoquine avec une motte de beurre à moitié verte (ou ce n'est que le reflet de la salade, espère Timoti) et, dans le bac à légumes, il y a des steaks hachés, une Danette au chocolat et du Coca zéro ! « La nourriture n'est vraiment pas en sécurité dans ce frigo », pense Timoti.

Diane jette sur un plateau une grappe de raisin, des crackers aux graines de courge, un morceau entamé de reblochon, du pain de mie sans croûte et un pot de confiture d'abricots après qu'elle a pris soin de retirer avec une petite cuillère le mince nénuphar de moisissure blanche qui flottait sur le dessus.

Elle sort de la cuisine, le plateau sur la tête. Dans l'escalier, les murs sont tapissés de dessins pas très bien faits. Principalement, des natures mortes : une citrouille (ou une grosse clémentine) sur un fond vert (ou du gazon), un bouquet de carottes (sans hésitation), un avocat dans le creux d'une main (ou de trois saucisses de Strasbourg et deux petites saucisses apéro).

– C'est l'œuvre de Maman. Elle dessine surtout des légumes d'hiver. En ce moment, elle dessine pas, c'est pas la saison. C'est ma main là, tu la reconnais ?

Diane met sa main juste à côté de l'éventail de saucisses.

– Ah oui, dit-il pour lui faire plaisir.

Il ne sait pas pourquoi mais il sent que cela lui fera plaisir. D'ailleurs, elle sourit.

– On a posé pendant trois heures, ma main et moi.

Maintenant, il comprend.

Lorsqu'ils sont arrivés au premier, Diane pousse la porte de sa chambre avec sa hanche, d'un mouvement bien rodé. Elle pose le plateau sur son lit et s'affale à côté. Timoti est surpris, il s'attendait à quelque chose de plus surprenant, une chambre à forte personnalité, à l'image de son occupante. Mais non, c'est une chambre très commune, voire banale, voire totalement impersonnelle. Voire la chambre la plus nulle qu'il ait jamais vue (mais il en a vu peu, il en convient). Des murs lisses et blancs, un lit et sa table de nuit, sa lampe de chevet, une bibliothèque et ses livres, une commode grise, une fenêtre et ses rideaux beiges, un radiateur jauni, un bureau carré, une lampe mappemonde et puis… c'est tout.

– C'est vraiment ta chambre ?

– Oui, répond Diane, en croquant un cracker aux graines de courge.

Elle l'éloigne pour le regarder de plus loin comme si c'était une œuvre d'art. Puis elle répète « courge, courge, courge » et rit.

– Tu te moques de moi ? demande Timoti.

– Non, c'est le mot « courge » qui me fait rire.

Timoti plisse les yeux comme font les myopes qui ont perdu leurs lunettes. Comme monsieur Fesse en cours de gym et Diane quand ils se sont rencontrés. Il n'y a pas que lui qui est bizarre. Ça lui fait bizarre de ne pas être le seul à être bizarre. Diane aussi l'est. C'est chouette. Et il pense à sa mère. Mais pas longtemps, car Diane l'interrompt pour discuter d'un sujet hautement philosophique :

– Mon mot préféré, c'est omelette. Omelette,

omelette, omelette, répète-t-elle lentement en savourant chaque lettre. Tu sais ce que c'est le contraire d'omelette ?

– À la coque ?

– Non, c'est femmelette !

Et elle explose de rire en postillonnant.

– Omelette, c'est ton mot préféré ?

– Oui. Et mon goûter préféré aussi. C'est du deux en un.

– Tu manges de l'omelette au goûter ?

– Oui, avec de la confiture d'abricots. Pas toi ?

– Non. Pas moi. Et personne, je crois.

– Vous avez bien tort, toi et personne.

– Diane, je crois que dans le camion, tout à l'heure, j'ai trouvé quelque chose qui n'a pas de nom.

– Super ! C'est quoi ?

– C'est pas facile à expliquer. C'est une tristesse à la pensée que le moment qu'on est en train de vivre bientôt ne sera plus. Comme de la nostalgie. Mais « nostalgie », c'est pas le bon mot puisque là, ça concerne le présent, pas le passé.

– Ouh là là, c'est compliqué, ton truc !

– C'est peut-être parce que c'est compliqué dans ma tête.

– La nostalgie, Maman l'a attrapée quand on est venues vivre ici.

– C'est pas une maladie.

– Elle a dû prendre des médocs, pourtant. T'es sûr que c'est pas une maladie ?

– Oui.

Diane réfléchit en lançant des grains de raisin en l'air et en les rattrapant directement dans sa bouche.

– Hum hum... Je sais comment on pourrait appeler ton machin : la banana.

– Pourquoi ?

– Parce que c'est toi l'inventeur. Tu peux donner ton nom à l'invention et être célèbre toute ta vie, et même après. Il y avait monsieur Eiffel, monsieur Poubelle et maintenant, il y a toi, monsieur Banana !

– « Avoir la banane », c'est être content. Là, c'est plutôt le contraire.

– C'est pas faux. Alors, la nobanana ?

Timoti trempe un morceau de pain dans la confiture d'abricots.

– Oui, c'est pas mal, « la nobanana ». « J'ai la nobanana », « Je me sens... nobananaque. »

Diane regarde sa chambre et soupire.

– Je me sens nobananaque, moi aussi. Tu te

rends compte qu'on a partagé la même toute petite chambre pendant neuf mois ?

– Je me demande surtout comment j'ai survécu !

– Et moi ? Surtout si tu ronflais comme cette nuit !

– Diane, tu me le dis maintenant pourquoi t'es venue me chercher ?

– Parce que j'avais envie d'avoir un frère, c'est tout.

– Et t'es pas trop déçue ?

– Si tu vas à la pêche aux compliments, t'as choisi la mauvaise personne !

On frappe à la porte. Trois coups, un silence, deux coups, un silence, et un dernier coup très bref. « Encore un code ! pense Timoti. Elles ne font rien normalement ? »

– Entrez ! s'écrie Diane qui n'a plus du tout l'air nobananaque.

La tête de chouette apparaît dans l'embrasure de la porte.

– On est tous dans le salon, vous venez ?

Diane attrape le morceau de reblochon sur le plateau et s'éclipse de la chambre sans un mot.

Timoti ne bouge pas. Ses jambes ne répondent plus, ni ses pieds, ni ses mains. Son corps n'existe plus. La chambre dans laquelle ils sont n'existe plus.

Gérard, Diane, monsieur Jacqueline, l'école, sa tour, son séquoia, Isidore, les Flouzatte, la chasseuse, la poupée n'existent plus. Il n'y a que le visage de Geneviève qui flotte dans la brume.

C'est elle qu'il avait vue dans son rêve : la femme inconnue de dos qui se retournait et portait un masque de Diane. Elle était venue le voir dans son rêve. Il venait à elle sans le savoir. Elle est belle. Elle a l'air infiniment gentille. Il a l'impression qu'elle émet de la lumière. Elle brille sûrement la nuit comme les lucioles. C'est une étoile. Mieux, une constellation.

Geneviève lui sourit. Les coins de ses yeux sont tout plissés. C'est un sourire authentique. Il vient directement du cœur et fait battre très fort celui de Timoti. Personne ne l'a jamais regardé avec une telle douceur. Il voudrait se blottir dans ce regard et dormir jusqu'au matin. Gérard le couvre d'amour mais son regard a dû s'user à le voir tous les jours.

Geneviève s'approche à petits pas. Des larmes silencieuses coulent sur son sourire. Timoti voit la main de sa mère venir vers lui pour se poser sur sa joue. Puis, sans qu'il s'y attende, ses bras l'enveloppent. Elle le serre contre elle. Une vague de bien-être le traverse. Il respire son parfum, semblable à celui d'une fleur dont il aimerait connaître le nom.

Soudain, elle le regarde et alors que les lèvres de Geneviève ne bougent pas, il entend : « Est-ce que tu veux bien me pardonner ? »

– Tu as entendu ? Qui a parlé ? demande Timoti.

Ils sont seuls dans la pièce. Geneviève a un sourire malin qui la fait ressembler à Diane. Il comprend.

– T'es ventriloque ?

Le visage de sa mère ne bouge pas, mais un « oui » clair et distinct jaillit de nulle part.

– Waouh ! s'enthousiasme Timoti.

Le sourire de sa mère grandit encore, révélant deux petites fossettes rondes.

– Je t'apprendrai, mon chéri, prononce-t-elle tendrement en passant sa main sur le visage de son fils comme si elle avait déjà fait ce geste des milliers de fois.

Pendant ce temps-là, dans le salon, monsieur Jacqueline est assis sur le sofa à côté d'une élégante femme marionnette de taille humaine. Elle porte un chignon roux, des créoles et un tailleur turquoise. Elle a de beaux yeux vert nacré, un visage en mousse et en papier mâché.

Monsieur Jacqueline demande des explications à son Gérard. Mais la présence de la poupée nuit aux confidences des deux amis. Gérard tente tout de même de lui expliquer comment ils en sont arrivés là avec Geneviève. Et cela de la manière la plus concise et schématique possible.

– A vivait avec B. A et B ont fait un BB. Mais ce n'était pas un BB, mais deux BB, que l'on nommera C et D. C clair jusque-là ?

Monsieur Jacqueline dodeline mollement de la tête. Au lieu de prendre cela comme un signe qu'il vaudrait mieux ralentir, Gérard accélère.

– C'était pas GG entre A et B. La P a fait place à la N. B a besoin de A, il l'M, mais A a besoin d'R. Alors A a pris ses L à son cou, a quitté B pour Y. A et Y sont partis en I avec D, abandonnant B et C. Voilà, tu sais tout !

Monsieur Jacqueline se pince le lobe de l'oreille. Il a entendu dire qu'à cet endroit se situe le point d'acupuncture relié au cortex cérébral.

– D'accord, mais c'est qui A ? Et GG, je le connais ?

Gérard lève les yeux au ciel.

– A, c'est Geneviève. Je suis B. Et « pas GG », ça veut dire « pas génial ».

– Mais R, c'est qui, celui-là ? Pourquoi Geneviève avait besoin de lui ?

– R, c'est personne. C'est l'air. Elle avait besoin

d'air, de respirer, de prendre de la distance avec moi. Elle est donc partie en I, en Inde.

– En Inde ! Ah ça, c'est réussi, elle en a pris, de la distance ! Moi, quand j'ai besoin de prendre l'air, j'ouvre la fenêtre ou je vais marcher dans la forêt. En « I », et je suis censé comprendre qu'elle est partie en Inde ! Tu m'as pris pour un D ? « I », ça peut être un million de choses : l'Irlande, l'Iran, l'Italie, les îles Marquises, l'Irak, Israël ou encore IKEA !

– C'est vrai, c'est vrai…, marmonne Gérard. Tout compte fait, la narration la plus longue aurait peut-être été la plus courte. La plus courte n'étant pas la plus claire…

– Tu veux bien recommencer depuis le début, mais avec vos initiales, cette fois ? Ou même les noms en entier ? Ou même normalement ?

Gérard accepte, mais il n'a pas le temps de reprendre que Diane surgit dans le salon.

– Vous voulez que je vous montre une acrobatie ?

– Oui, répondent Gérard et monsieur Jacqueline, d'une même voix.

Diane tend son morceau entamé de reblochon à Gérard qui le prend. Il s'émeut de ce geste qu'il interprète comme une marque de confiance. Les enfants l'impressionnent en général davantage que les adultes. Et Diane l'impressionne plus que quiconque.

Diane s'élance vers une colonne en bois accolée au canapé. Elle empoigne celle-ci, saute en l'air et, à la force de ses bras, gravite autour sans toucher le sol. Elle termine son vol en atterrissant sur le canapé à côté de Gérard avec la maîtrise d'un albatros. Elle récupère son fromage sous les applaudissements.

– Vous voulez peut-être que je vous laisse un peu tous les deux ? bredouille monsieur Jacqueline en amorçant un mouvement pour se lever du canapé dans lequel il est enseveli.

– Non ! répondent en chœur Diane et Gérard.

Monsieur Jacqueline se tourne alors vers sa voisine marionnette.

– Pardon ? (Il fait semblant de l'avoir entendue s'adresser à lui et de ne pas avoir entendu les deux autres :) Vous désirez me faire visiter votre humble demeure ? Avec grand plaisir... Madame ?... Nadia ? Quel charmant prénom. Tout le monde m'appelle monsieur Jacqueline, mais vous pouvez m'appeler Félix. Ça veut dire « heureux » en latin. Et Nadia, ça a à voir avec l'espoir, n'est-ce pas ?

Il prend la main de la marionnette et la fait se lever.

– Nous sommes faits pour nous entendre alors. L'espoir et le bonheur, c'est une bonne association.

Son autre main enlace la taille de Nadia pour la maintenir debout. Félix imprime un mouvement dans le dos de la marionnette, donnant l'illusion qu'elle se déplace. Tous les deux quittent le salon sans prêter aucune attention à ceux qui y restent.

Diane et Gérard se retrouvent seuls. Diane s'assied sur le sofa. Elle grignote de minuscules morceaux de son fromage. Plus il durera, plus elle sera occupée à quelque chose. Gérard, lui, fait semblant de regarder la décoration du salon en levant haut les sourcils. Ils ne peuvent pas s'évader, seulement fuir le regard de l'autre. Chacun cherche désespérément quelque chose à dire.

Diane, la plus courageuse des deux, ouvre le bal :

– T'es un drôle d'adulte.

– Pourquoi ?

– Les adultes que je connais savent quoi dire et quoi faire, en général. Surtout face à un enfant. Toi, on dirait que non.

– Les enfants m'intimident un peu.

– Pourquoi ?

Gérard n'a pas de réponse toute prête puisqu'il

ne s'est jamais posé la question. Il réfléchit et finit par dire :

– Les enfants ne trichent pas.

– Alors là, t'es mal informé ! Rien que dans ma classe, il y a une tripotée de tricheurs professionnels : Benjamin, il peut t'écrire l'équivalent de deux pages de manuel sur un avant-bras. Katia, elle se place toujours derrière Fatoumata qui a une très longue chevelure et y cache des antisèches. Guilhem les laisse carrément par terre car, selon lui, « plus c'est gros, plus ça passe ». Laure, dite la Fouche, elle louche tellement bien qu'elle peut regarder les copies de ses voisins de droite ET de gauche en même temps sans bouger la tête !

Gérard essaie de loucher comme la Fouche. Diane éclate de rire. Il est drôle ! Elle pensait que les pères étaient sérieux et autoritaires. Ceux de ses amis à l'école n'ont pas l'air très rigolos.

Après plusieurs tentatives, Gérard prend une moue dubitative.

– Je veux bien croire au strabisme divergent, mais la lecture simultanée des deux côtés, ça, j'ai vraiment du mal.

– Je te jure ! Je te la présenterai si tu veux. Elle te montrera.

– Ah, oui ! j'aimerais beaucoup.

– Sinon, c'est quoi ton truc dans la vie ? demande Diane à son père.

– Mon truc... J'aime bien fabriquer des coquetiers.

– Cool.

– Je voudrais m'en fabriquer un à ma taille, mais je n'arrive pas à me décider pour le matériau.

Diane réfléchit.

– Et t'as pensé à le faire en coquilles d'œufs ?

– Ah non, j'y avais pas pensé.

– Souvent, plus c'est simple, moins on y pense.

– C'est vrai.

– Par contre, ça nécessite d'en manger une tonne. Mais je t'aiderai, si tu veux ! J'adore les œufs. Surtout les omelettes. Après, tu pourras le rembourrer avec un édredon pour que ce soit plus confort.

– Ah oui, merci. C'est une bonne idée.

– De rien. C'est facile quand c'est des idées pour les autres.

C'est alors que Timoti et Geneviève entrent dans la pièce. Pour la première fois en onze ans, ils sont au complet. Un silence de musée ou d'église emplit le salon.

Soudain, une voix de vieillard fait frissonner les papillons du papier peint.

– Merci, Diane, de nous avoir réunis, dit la voix solennellement.

Les couleurs qu'avait reprises Gérard ont fondu d'un coup. Il est blanc comme neige.

– Qui a parlé ? bredouille-t-il.

– C'est Dieu ! s'exclame Diane.

Diane et Timoti explosent de rire sous le regard ahuri de Gérard. Geneviève reste impassible.

La voix résonne à nouveau, encore plus forte que la première fois :

– Arrêtez de rire !

Et les jumeaux rient de plus belle.

– Arrêtez ! Il n'y a rien de drôle !

Ils ne peuvent plus s'arrêter. Gérard se met à rire. Il ne sait pas pourquoi, mais il rit. Plus fort que tout le monde, maintenant. Même la voix de vieillard éclate de rire. Et Geneviève a le même sourire malin que tout à l'heure, dans la chambre.

Timoti ne s'est jamais senti si bien. Il pourrait presque fabriquer ses premières larmes de joie.

– T'es bien mieux, chuchote Diane à Timoti.

– Mieux que quoi ? demande Timoti.

– Mieux que tous les frères que j'avais imaginés.

Remerciements

Je remercie Jean-Philippe Arrou-Vignod
et Guilhem Flouzat sans qui ce texte
ne serait pas ce qu'il est,
Agnès Desarthe d'être ma bonne fée,
François Ravard pour la beauté de ses dessins,
leur poésie et leur humour.
Merci à Laurence Victor-Pujebet,
Thierry Laroche, Aurélie Pregliasco
ainsi qu'au CNL d'avoir soutenu ce livre.

Le papier de cet ouvrage est composé de fibres naturelles, renouvelables, recyclables et fabriquées à partir de bois provenant de forêts gérées durablement.

Mise en pages : Françoise Pham

Loi n° 49-956 du 16 juillet 1949
sur les publications destinées à la jeunesse
ISBN : 978-2-07-514581-7
Numéro d'édition : 555601
Premier dépôt légal : mai 2021
Dépôt légal : septembre 2022

Imprimé en France par
Normandie Roto Impression s.a.s.
61250 Lonrai
N° d'impression : 2204050